colección **la otra orilla**

Colonia

Juan Martini

Colonia

Buenos Aires, Bogotá, Barcelona, Caracas, Guatemala,
Lima, México, Miami, Panamá, Quito, San José, San Juan,
Santiago de Chile, Santo Domingo

www.norma.com

Martini, Juan
Colonia - 1ª ed. - Buenos Aires: Grupo Editorial
Norma, 2004.
216 p.; 21 x 14 cm. - (La otra orilla)
ISBN 987-545-203-3

1. Narrativa Argentina. I. Título
CDD A863

©2004. Juan Martini
©2004. De esta edición:
Grupo Editorial Norma
San José 831 (C1076AAQ) Buenos Aires
República Argentina
Empresa adherida a la Cámara Argentina de Publicaciones
Diseño de tapa: Magali Canale
Ilustración de tapa: Archivo Kapelusz Editora

Impreso en la Argentina
Printed in Argentina

Primera edición: octubre de 2004

CC: 22103
ISBN: 987-545-203-3
Prohibida la reproducción total o parcial por
cualquier medio sin permiso escrito de la editorial

Hecho el depósito que marca la ley 11.723
Libro de edición argentina

1

Los sueños

> *La realidad, como sabemos, siempre es diferente a todo.*
>
> W.G. SEBALD

El Instituto está en una de esas calles que van en pendiente hacia la Costanera y el río como un racimo: un improvisado sistema de arterias, o de canales, o de caminos por los que en otro tiempo la gente bajaba quizá la barranca para ir a lavar ropa o para bañarse o nadar en el río. Más adelante esos caminitos se hicieron calles y fueron empedrados. A lo mejor ya existían las primeras casas a un lado y al otro de las arterias. Balbi, esa tarde, a las calles las llama callecitas. Lo hace un par de veces y el celador se irrita. No sólo se desconcierta: también se irrita. El Instituto, por su parte, recibe de la administración y en ocasiones de la gente del pueblo el nombre de Instituto. También se le dice el Servicio, la Colonia, la Casa, o con un escabroso sentido humanitario a veces se oye hablar de la Obra. Pero la mayoría de los hombres y mujeres más jóvenes del pueblo al Instituto le dicen la Colonia. No se sabe por qué. Mejor dicho: el celador no sabe por qué. Son costumbres de la ciudad.

El hombre que llegó el lunes al Instituto se llama Alejandro Balbi. Tiene 47 años. Es alto, delgado, y no quiere hablar. Pesa 72 kilos. Cuando Luque lo vea por primera vez pensará que Balbi parece un tipo sano y más joven: un hombre de unos 42 o 43 años, pensará Luque, ésa es la edad que él le daría. El lunes pasado el hombre le dijo al celador que se llamaba Alejandro Balbi y que tenía 47 años. El celador sabe que no es quién para poner en cuestión lo que el hombre declara en ese momento.

Hoy por fin el celador le dice a Luque que no sabe qué hacer con el hombre que llegó el lunes pasado a la Casa. Luque se rasca debajo del mentón. Está mal afeitado, tiene ojeras blandas y arrugadas, los párpados caídos, "Un perro", piensa el celador, "Parece uno de esos perros con cara de dormidos, un Labrador, un San Bernardo, un perro cualquiera". El celador no siente casi nada por su jefe. Su jefe siente por el celador un desprecio manso y lóbrego como si el celador fuese la causa de su acidez estomacal, de las erupciones que le salen en la piel o de los problemas que tiene con su madre. Luque considera de una manera un poco imprevisible las relaciones que sobrelleva con la gente que no le cae del todo bien. Luque, aunque no lo parezca, es médico. Nadie lo llama "doctor". Nadie se refiere a él, ni siquiera en su presencia, como el doctor Luque. Esto a Luque no le molesta, no le causa ninguna clase de disgusto o trastorno. Al contrario: prefiere que todo el mundo le diga "señor" o que le diga "Luque". "Señor, hay que comprar cables", por ejemplo, o: "Luque, firmame los papeles del tipo de la 16". Y Luque se los firma, los papeles, o autoriza que se compren más cables. Entonces Luque deja de rascarse la barbilla, la barba mal afeitada, la picazón que quizá le remuerda la piel, y le dice al celador lo siguiente:

—¿Por qué está acá ese hombre?

Como si hubiera pasado un siglo, el celador no entiende la pregunta de Luque, no se da cuenta de que es una respuesta más o menos lógica a lo que él acaba de plantearle. El celador se ha distraído, sin duda, en sus propios pensamientos acerca de Luque, o acerca de las deudas que acumula, o acerca de los problemas que en los últimos tiempos el celador tiene con las mujeres, y que también son muchos.

En esa oficina hace frío. La estufa de cuarzo calienta apenas un rincón. Es una chapa de aluminio o algo por el estilo con una barra incandescente, anaranjada, en el medio. El celador aborrece las estufas de cuarzo y también esas pantallas a gas que a veces se cuelgan por ahí y que muchas veces se alimentan con el gas licuado de una garrafa. Butano, piensa el celador, se llama gas butano. Pero no puede decirle algo así a su jefe.

Luque es el director del Instituto y es obeso, como la madre.

—No sé –dice el celador, y no miente–. No sé por qué está acá.

—Otro más –dice Luque.

—Otro qué.

—Usted sabe.

El celador tiene 32 años. No le gusta ver el tormento de la gente. Ya no quiere asistir a la muerte de otro infeliz. Pero tiene deudas, y no puede olvidarse de su trabajo.

—¿Cómo dice que se llama? –le pregunta de pronto Luque.

—¿Quién?

—No se haga el imbécil.

Ahora Luque y el celador caminan por una galería que bordea uno de los patios internos del Instituto.

—Él dice que se llama Balbi.

—Balbi –repite Luque, malhumorado, y respira con la fatiga de los obesos, de los seres infinitamente obesos. Hace frío, pero él camina con visible dificultad y suda. No es fácil mover 139 kilos.

El celador tiene 32 años, está casado, su mujer va por el tercer embarazo, las amantes del celador parieron el último verano. Al celador le han diagnosticado el mal de Chagas. La viruela le dejó marcas eternas en la cara. Le falta un diente. "No hay estómago que aguante con un adefesio así", parece que dijo Beatriz Rossi, reina de belleza del carnaval del pueblo hace siete años, hoy casada con el gerente local de un banco español. "Gaita", le dicen en el bar Maldonado al marido de la reina de belleza. Siempre se creyó en el pueblo que el celador tenía dos amantes. En estos días se oye que habría una tercera. "Mirá si Amadeo, además, se coje a la reina", dijo el domingo un rufián en el bar Maldonado, y todos se rieron.

Colonia

Amadeo es el celador. Amadeo Cantón. "Un pobre diablo", parece que dice Beatriz Rossi. No se sabe por qué.

Por su parte, el celador desea que su mujer no pueda seguir adelante con el tercer embarazo.

Luque camina a lo largo de la galería de uno de los patios internos del Instituto y la grasa que rodea sus huesos y sus músculos es interminable, fofa, se sacude, se ondula, se mueve porque es una envoltura de Luque que en general se confunde con el cuerpo de Luque. Esa masa interminable de grasa que se estremece con sus movimientos es aceptada en general como si se tratara del cuerpo de Luque. El cinturón que sostiene los pantalones de Luque queda oculto por el vientre y por los rodillos de grasa que rodean o envuelven su cuerpo como faldones de un tejido protector que en verdad lo está matando. Las botamangas de los pantalones caen sobre los zapatos de Luque: apenas quedan a la vista las puntas de un viejo par de zapatos marrones, opacos, y con las suelas casi despegadas. Las botamangas de los pantalones de Luque, por lo demás, lamen el suelo y el suelo, como un intercambio justo, las fue gastando, primero, y las ha convertido, después, en un borde de pequeñas hilachas que flotan en el aire, se mojan en los charcos, se ensucian con las inmundicias que Luque pisa a su paso sin que nadie les preste atención. Luque es un hombre desaliñado que ha cultivado una obstinada indiferencia hacia su aspecto, y el disgusto que su cuerpo y su presencia ocasionan en los otros es algo que a Luque no le interesa.

Las camisas de Luque no son en rigor camisas sino inmensas blusas o blusones de algodón que le hace su madre. Estas blusas son de color gris y Luque se anuda en el cuello corbatas verdes. Encima de las camisas Luque se pone un saco de verano, un blazer azul con botones dorados, y así va vestido: con sus pantalones embolsados que alguna vez un sastre le hizo con un corte de cheviot liviano y su blazer azul. Todo el año igual. Él se viste siempre así porque cuando realiza un esfuerzo, cuando se mueve, cuando camina un poco por el Instituto, se cansa enseguida y el calor del cuerpo le arranca un fuerte sudor que le llena la frente, le moja el cuello de las camisas y le empapa la espalda.

El celador se detiene por fin frente a la dependencia número 15. Es una puerta igual a las otras puertas que dan a la galería y junto a la puerta de la dependencia número 15 hay una ventana. El celador abre y Luque entra en la dependencia. Después entra también el celador y vuelve a cerrar la puerta.

Luque hace un recuento rutinario, innecesario y fugaz, pero siempre lo hace. Ve una cama, una mesa, dos sillas, un estante que sostiene media docena de libros y algunos utensilios. Ve también una especie de placard sin puertas, un poco de ropa colgada en tres perchas, dos cajones, nada más. Uno de los libros amontonados en un extremo del estante, junto a la ventana, es una Biblia de Jerusalén.

—¿Quién es usted? —pregunta Luque.

El hombre que llegó el lunes a la Colonia está sentado en una silla, frente a la mesa, y escribe en un cuaderno con una lapicera. El celador sabe que hay gente que piensa que una lapicera es una pluma estilográfica. El celador reconoce, en su fuero interno, que el sentido de la palabra "estilográfica" se le escapa. Pero no quiere hablar de estas cosas con su jefe.

El hombre ha dicho el lunes que se llama Alejandro Balbi y que tiene 47 años. Fue revisado esa misma tarde en la enfermería del Instituto y se ha establecido que está sano, bien alimentado, y que no presenta heridas ni golpes visibles.

Luque jadea: no es fácil caminar casi 200 metros cuando uno pesa 139 kilos. La silla libre le parece un mueble sin utilidad. Es tal la desproporción entre su cuerpo y la silla que no hay manera de imaginar al director del Instituto sentado en la silla. Él, en esa dependencia, sólo podría sentarse sobre la cama, y no lo hará. Por eso se seca el sudor de las manos en un pañuelo, guarda el pañuelo en el bolsillo lateral izquierdo de los pantalones, y con esa mano enfundada en el bolsillo se palpa el sexo.

El hombre que llegó el lunes a la Colonia ha dejado de escribir y contempla a Luque. Los ojos grises del hombre, detrás de los lentes, parecen los ojos de un hombre que no ve. De pronto, dice:

—Me llamo Alejandro Balbi. Tengo 47 años. No sé qué más puedo hacer para aclarar mi situación.

—¿Por qué está acá? —pregunta Luque.

El celador, previsiblemente, se encoge de hombros.

—No lo sé —dice Balbi—. Leí el reglamento. Acepté las condiciones. Firmé los formularios y todos los papeles que me dijeron que tenía que firmar. Hoy no quiero hablar más.

El celador se miraba las uñas sucias. Luque mueve la cabeza:

—No lo entiendo —dice—. ¿Qué escribe?
—Nada. Cosas que se me ocurren. Cosas que no tienen mucho sentido. Ésa es la verdad.
—No estoy hablando con usted.
El celador no dice nada.
Luque saca la mano del bolsillo y se huele los dedos. Después vuelve a mover la cabeza. Jadea. La furia también le provoca jadeos. Como el cansancio. Se acerca a la mesa. Levanta el cuaderno de Balbi. Lee. Sin agregar una sola palabra más arranca la última hoja escrita por el hombre alojado en la dependencia número 15. Luque hace un bollo con la hoja de papel y se lo guarda en un bolsillo del saco. Antes de salir mira la galería y el patio a través de la ventana, de las rejas de la ventana, del jazmín del país que trepa por las rejas de la ventana. La luz de ese día sin sol parece una luz húmeda y neutral.
—Cosas que no tienen sentido —repite Luque.
El director del Instituto piensa que el hombre que llegó el lunes parece sano y más joven de lo que declara: un hombre de unos 42 o 43 años, piensa Luque. Y se va.
El celador ya no se mira las uñas sucias.
—No hay que pelearse con él —le dice a Balbi.
Y también se va. Sale y cierra la puerta.
El hombre se acerca a la ventana. Una inquietud, una zozobra inexplicable se apodera de él. A lo largo de la galería que rodea ese patio de la Casa ve que Luque y el celador se retiran. Luque parece encabezar la marcha. El celador lo sigue un par de pasos atrás.
Balbi vuelve a la mesa. Se sienta. Destapa su lapicera y mira el cuaderno abierto. Ahora sabe que tiene miedo.

Colonia

En la hoja que Luque arrancó Balbi había escrito muy pocas palabras. Una frase. O una idea. Balbi recuerda con exactitud esas palabras. No eran muchas.
Decían:
La vida es el recuerdo de la vida.
Entonces vuelve a escribirlas. Lo hace una y otra vez, en páginas diferentes, con una misma letra de rasgo personal, inquieto, y casi ilegible, una letra que da la impresión de calcarse a sí misma de una página a otra porque no podría advertirse a simple vista ninguna diferencia en cada uno de los trazos de la palabra *recuerdo*, por ejemplo, que no une –como debería hacerlo según normas de una caligrafía tradicional– la *u* con la *e* ni la *r* con la *d*, sino que corta en esos puntos la línea como si la escritura se interrumpiera fugazmente para reordenarse, o para tomar impulso y llegar al final de la palabra, ideas que sin duda no pasan por la cabeza de Balbi. Lo único que hace Balbi en este momento es escribir una y otra vez la misma frase, en la misma página, o en páginas diferentes de su cuaderno, pero siempre como si se tratara también de frases diferentes y no vinculadas unas con otras. Es decir, nunca escribe Balbi la frase *La vida es el recuerdo de la vida* y a continuación vuelve a escribirla sin que medie un punto y aparte. No. Cuando la frase es repetida en la misma página Balbi la escribe en la primera o en la segunda línea del cuaderno, después en la mitad de la página, y si lo hace por tercera vez lo hace hacia el final de la página. Como si no quisiera que

las frases se tocaran, o como si se tratara de versos muy aislados de un poema, o como si creyese que en las líneas en blanco del cuaderno, más adelante, escribirá algo más. Pero lo más común es que Balbi escriba la frase, una y otra vez, en páginas diferentes del cuaderno, de modo que muy pronto, puesto que no se detiene en esta tarea –y puesto que las páginas intactas no eran muchas–, ya no quedan en el cuaderno páginas completamente en blanco. Entonces Balbi se detiene, vuelve a mirar por la ventana, deja la pluma y sale al patio.

Poco después se encuentra pensando en otra cosa.

Balbi se sienta en un banco de madera. Enciende un cigarrillo, abre los brazos, los apoya en el respaldo del banco y cruza las piernas. Se saca los lentes. El cielo está cubierto de nubes y hace un poco de frío. Es un frío suave pero cargado de humedad que va entrando en el cuerpo lentamente, a través de la ropa, porque la ropa primero absorbe la humedad del aire y poco a poco la tela humedecida del saco deja llegar a la piel y al cuerpo el frío que se desliza a través de la humedad. Pero esto a Balbi no le importa. Unos minutos más tarde ve salir a un hombre de la Cantina. El hombre se llama Suárez. Balbi lo sabe porque lo conoció en la Cantina hace un par de días.

–Yo soy el interno Suárez –le dijo el hombre y le dio la mano.

Balbi estrechó la mano del interno Suárez y el interno Suárez le pidió a Balbi un cigarrillo. Después se sentaron a una mesa que estaba lejos de todas las ventanas de la Cantina.

–Yo me llamo Balbi –le había dicho Balbi a Suárez antes de que Suárez le pidiese un cigarrillo. Y se habían dado la mano. Después Suárez tomó un té con limón y Balbi no tomó nada. Fue así como se conocieron. La Cantina tiene cuatro ventanas: dos dan a un patio y otras dos a otro patio.

Ahora el interno Suárez viene caminando por el patio del Instituto donde se encuentra el banco preferido de Balbi. Suárez camina entre grandes canteros cubiertos de hierba. Desde esos canteros se elevan hacia el cielo nublado de esta tarde palmeras muy rectas, muy altas, tanto que las copas de algunas de ellas se internan en una bruma baja que pronto, piensa Balbi, llegará al suelo.

El interno Suárez se sienta junto a Balbi, en el banco del patio, y no dice nada. Balbi le ofrece un cigarrillo y Suárez acepta. Balbi le da fuego con un viejo encendedor, uno de esos encededores a bencina que resisten mejor que otros el viento: a veces la llamita se sacude en el viento pero no se apaga. Es uno de esos encendedores austríacos que hace mucho tiempo, en Buenos Aires, la gente llamaba *carusitas*.

Suárez y Balbi fuman.

–¿Por qué lo trajeron a usted? –pregunta inesperadamente Suárez.

Balbi piensa. Después también pregunta:

–¿Me trajeron?

–Sí. El lunes. Yo me acuerdo.

Balbi no tiene ganas ni de pensar ni de discutir.

–Yo no me acuerdo –dice.

Los dos hombres, entonces, dejan que se haga silencio. Más allá, fuera de la Colonia, se oyen graznidos. Balbi cree que son graznidos de patos. No sabe por qué, pero eso es lo que cree.

—Las cosas hay que medirlas con hechos actuales —dice entonces el interno Suárez y Balbi asiente. Pero responde:

—No lo entiendo.

—Es fácil. En esta situación, los años que uno cumple son los años que uno lleva en el Instituto. Eso es algo actual, algo que tiene que ver con la vida de uno. Por eso no se puede entender que Juana cumplió 27 años. Si usted le pregunta a Juana tiene que preguntarle así: ¿Cuántos años llevás? Se puede decir "tiempo" también. Se puede decir así: Juana, ¿cuánto tiempo llevás? Entonces Juana le va a contestar, estoy seguro.

—Usted —dice Balbi—, ¿cuántos años lleva?

—Once.

—¿Y Juana?

—Cinco.

Balbi fuma. No quiere pensar. Quiere mirar la bruma que baja, que envuelve las palmeras, que pronto tocará las crestas de los tilos. Mañana se presentará en la Intendencia y pedirá otro cuaderno. No sabe si se lo darán como le dieron el primero, sin cobrárselo, como si formara parte de algo que le corresponde, o si tendrá que pagarlo. No sabe, esto es lo peor, si habrá más cuadernos o si las provisiones estarán agotadas. Otra vez el miedo le hormiguea en los dedos. Se propone olvidarse del asunto hasta el día siguiente. Por eso retoma el hilo de la conversación con el interno Suárez. En ese momento, de una manera confusa, el recuerdo de la enorme figura de Luque se le aparece como una advertencia. Luque, piensa Balbi, no sólo es obeso. Además es un gigante de casi dos metros de altura.

Pongamos un metro noventa, piensa Balbi con la ilusión de que esta poda imaginaria lo tranquilice.

—Once años son muchos años —le dice al interno Suárez.

—Sí —acepta Suárez, y de inmediato se corrige—: O no. Todo depende. La vida, el tiempo que pasa, el porvenir... Son cosas que a veces me dan vueltas en la cabeza, pero no sé qué hacer con esas cosas.

Balbi advierte que Suárez ha dicho "porvenir" y no "futuro". Se pregunta, en este momento, Balbi, si el interno Suárez establece alguna diferencia entre el porvenir y el futuro. Es claro: esta pregunta quedará por ahora sin respuesta. Entonces le dice, Balbi a Suárez:

—A mí me parece que la vida es el recuerdo de la vida.

En el Instituto, hasta el lunes pasado, había catorce internos. Con el ingreso de Balbi el número llegó a quince. Se trata, en total, de seis hombres y nueve mujeres. Juana tiene dedos largos y nudos pequeños en los dedos. Las uñas cortas. El pelo suelto. Juana es extremadamente delgada y tampoco quiere hablar con nadie. El interno Suárez le dice a Balbi que a Juana le gusta limpiar las dependencias. No tiene por qué hacerlo, pero lo hace. También le dice que una mañana, dos semanas atrás, el celador comunicó que ese día Juana cumplía 27 años. Ella no dijo ni que sí ni que no. Casi todos los internos la felicitaron, pero Juana no dijo nada.

Balbi vio por primera vez a Juana el día miércoles. Pronto, esta precisión con la que Balbi recuerda cada uno de los días, los hechos, el tiempo que transcurre, se irá debilitando. No porque pierda facultades, como podría suponerse, sino porque el tiempo que transcurre en la Colonia está marcado por otras cosas, no por las cosas que marcan el tiempo fuera de la Colonia: en la ciudad, por ejemplo, o en la vida real. El miércoles Balbi había ido a la Carbonería y después de comprar un par de paquetes de carbón se había sentado junto a tres hombres sobre una pila de bolsas de arpillera vacías. Los hombres hablaban de fútbol, hablaban de mujeres y hablaban del gato de la Carbonería. La selección uruguaya, creían los hombres, ya casi no tenía posibilidades de clasificarse para jugar el próximo campeonato mundial de fútbol. No estaban de acuerdo los tres hombres sobre este punto. Uno de ellos pensaba que Uruguay conseguiría a último momento la clasificación: "Aunque sea en el repechaje", había dicho el hombre, y le había preguntado a Balbi qué pensaba: "Usted, ¿qué piensa?" Balbi le dijo que sí, que él pensaba que la selección uruguaya lograría clasificarse. Los dos hombres que no creían lo mismo sacudieron la cabeza. Uno de ellos dijo: "Hay gente que no quiere darse cuenta de cómo son las cosas". Balbi no se dio por aludido. El hombre que estaba de acuerdo con Balbi tampoco. Entonces llegó Juana a la Carbonería. "Me contaron", dijo uno de los hombres recostado sobre la pila de bolsas de arpillera, "que el interno Suárez tiene relaciones con la mujer de la dependencia 23". Otro le preguntó: "¿Con la señora Sofía?" El primero dijo: "Yo no sé cómo se llaman las mujeres acá". El tercero, el que no había dicho nada, dijo: "Eso está bien. Yo estoy harto de Juana. Esta noche voy a saludar a la mujer de la 23". Balbi miró al hombre que había dicho que estaba harto de Juana. Era un hombre joven, un gitano de 29 o 30 años, flaco, alto, fibroso. Después miró a Juana, Balbi, que en cuclillas acariciaba un gato en un rincón de la Carbonería. Los faldones del guardapolvo, en esta posición, quedaban entreabiertos y a Juana se le veían los muslos. Balbi se preguntó por qué ella le llamaba la atención. No era bella y sus modales resultaban casi vulgares: carecía, en todo caso, de las formas que suele depositar en las mujeres una buena educación. Los movimientos de Juana eran bruscos, la mirada hostil, y casi todo la sobresaltaba: el ruido de la puerta, un hombre que alzaba la voz, un paquete de carbón que se caía... Estas cosas, por ejemplo, sobresaltaban a Juana. Balbi le había confiado después al interno Suárez esa observación. El interno Suárez le había dicho que él pensaba lo mismo: él siempre había pensado que Juana García tenía las reacciones instintivas propias de una mujer golpeada. Por eso el Gitano abusaba de ella. Porque Juana García tenía miedo. El Gitano se le acercaba, en una dependencia, mientras Juana limpiaba, se le ponía atrás y la manoseaba –le había dicho el interno Suárez a Balbi– y Juana se acurrucaba contra la mesa, se protegía la nuca con los brazos y se dejaba. "Yo fui a espiar una mañana, con otros dos, y vimos lo que el Gitano hacía con Juana". "Yo", dijo el Gitano el miércoles pasado, sin mirar a Juana que acariciaba un gato en un rincón, "estoy acostumbrado a que las mujeres me hablen, a que la mujeres se rían, a que las mujeres griten". Y agregó cuando Juana se fue de la Carbonería: "Juana no llora, no habla, no hace nada. Eso es aburrido. Juana no es una mujer. Es una oveja con el culo seco". Por eso el Gitano, que estaba junto a sus amigos y junto a Balbi sobre la pila de bolsas de arpillera, ese mismo hombre que creía, como Balbi, que la selección uruguaya de fútbol conseguiría clasificarse para jugar el campeonato mundial, iría esa noche a visitar a la interna de la dependencia 23, una mujer llamada, probablemente, Sofía, y con la que el interno Suárez ya había establecido contacto. "Suárez es un verdadero explorador", dijo el Gitano, y prendió un cigarrillo. Balbi, en ese momento, pensó que Juana García, con todos sus defectos, era una mujer con un incierto atractivo. Y no dejaba de serlo, para él, aun cuando fuese verdad que a veces se comportaba, según acababa de escuchar, como una oveja. Fue por eso, tal vez, hablando de Juana, que los hombres que mataban el tiempo reclinados sobre la pila de bolsas de arpillera, en la carbonería, le hicieron saber a Balbi que Juana, por otro lado, le llevaba los jueves a la tardecita una presa al gato que había acariciado apenas unos minutos antes, el gato que ahora iba y venía, como siempre, entre los paquetes de carbón. Entonces Balbi se dijo que ya tenía que irse. Quería encender el fuego temprano y que la carne se fuese haciendo lentamente en una de las parrillas que a tal efecto se encontraban alineadas al final de uno de los patios del Instituto. El interno Suárez y él, esa noche, habían resuelto comer un asadito.

Cuando el celador, una mañana, dos o tres semanas atrás, comunicó que ese día era el cumpleaños de Juana, no dijo: "Hoy Juana cumple 27 años". Dijo –recuerda después Suárez– que ese día era el cumpleaños de la interna García.

Casi todos los miembros de la Colonia la felicitaron.

Juana no dijo nada.

Las cosas habían llegado demasiado lejos, piensa entonces Balbi.

2
La oscuridad

Es necesario recordar que aquel viernes, después de su primera visita a la dependencia número 15, donde se hospeda el interno Alejandro Balbi, Luque volvió a su despacho dominado por una visible contrariedad. Este hecho tuvo lugar hace ya varios días –poco importa en verdad cuántos– pero la cuestión es que el director del Instituto no ha conseguido borrar de su cabeza la primera impresión que le causó Balbi: Ese hombre no dice la verdad, le había dicho Luque al celador.

Amadeo Cantón se había quedado mirando a su jefe. Después, con el dedo mayor de la mano derecha, se había explorado la coronilla donde el pelo raleaba y donde se veía, por tanto, la piel del cráneo brillante por la seborrea. El celador no toleraba la idea de que más tarde o más temprano perdería casi todo el pelo.

–¿Por qué cree que miente? –le preguntó en el atardecer de aquel día encapotado, frío y húmedo el celador a Luque.

–Yo no dije que ese hombre mienta –repuso el director.

El celador no respondió.

Cuando su propio silencio volvió hacia él como una forma de incomprensión, de malestar o de incomodidad, por no decir de recelo, Amadeo Cantón dijo:

–De acuerdo.

Luque le dedicó una mirada que se dividía entre el desprecio tajante y una virtual indiferencia. Por eso es que pudo interrumpir un diálogo que para él ya no tenía sentido y, en cambio, le dijo al celador:

–Voy a tomar un baño bien caliente.

Cantón sabía qué quería decir su jefe cuando decía que quería tomar un baño caliente. Contempló sin proponérselo –como si la rutina guiase sus movimientos, sus gestos, sus miradas, y a veces sus palabras– la estufa de cuarzo y la puerta cerrada de la habitación de al lado.

–Sí, señor –dijo.

Y se fue en busca de la interna que ocupaba la dependencia 23. Ella también sabía lo que tenía que hacer. De modo que cuando el celador regresó al despacho de Luque vio que el director se encontraba ya en el dormitorio. Se había echado en la cama, vestido como estaba, y con las manos cruzadas sobre el vientre reposaba en espera de su baño. El celador desenchufó la estufa de cuarzo y la llevó a la habitación de al lado. La interna de la dependencia 23 se dirigió sin abrir la boca a otro cuarto contiguo al dormitorio. En el centro de este pequeño cuarto había una tina de madera. Poco a poco, balde tras balde, la interna llenó con agua caliente la tina. Una suave nube de vapor inundó el aire. La mujer se sentó en un banco junto a la tina. Entonces, sin que nadie le avisara que todo estaba listo,

Luque se incorporó. Poco después, casi desnudo, entró en el cuarto y se metió en la tina. La interna de la dependencia 23 hundió una esponja en el agua y luego estrujó la esponja sobre la cabeza de Luque, le mojó el pelo, los párpados redondos y espesos de perro viejo, los hombros... Un poco de agua se deslizó por los brazos de Luque y cayó fuera de la tina, sobre una reja de madera. Esto a Luque le gustaba: sentir el agua que se deslizaba por su cuello y por sus brazos. Apoyó la espalda. Las rodillas sobresalían en la tina como globos blancos de carne y grasa.

—Otra vez —dijo Luque.

La mujer volvió a hundir la esponja en el agua caliente de la tina y a estrujarla sobre la cabeza del director del Instituto.

La mujer es viuda, apenas rubia, de madre italiana y padre uruguayo. Tiene 43 años, el cuerpo recto y las manos adecuadas. Luque aprecia incluso las durezas que la mujer tiene en las manos. "Se me formaron de tanto hacer nudos", ha dicho ella una tarde. Las manos de la mujer viuda le hacen pensar a Luque en las manos de su madre.

La interna de la dependencia 23 se llama Sofía. El celador le mira las piernas atléticas y los pechos grandes. El cuerpo erguido se insinúa con soltura en una bata de mangas largas, ajustadas, y con escote redondo, una bata de algodón liviano que le llega casi a las rodillas, una bata vieja, desteñida, en la que se fue borrando el estampado de violetas sobre fondo blanco. Usa zapatillas chinas, la mujer viuda, un par de esas zapatillas negras con suelas de goma color ladrillo.

Hay dos cosas que el celador no entiende: una es por qué Sofía tiene relaciones con otros hombres pero se niega a tenerlas con él; otra es qué clase de nudos fueron los que dejaron asperezas en las manos de la mujer viuda. El celador no puede dejar de pensar que esas asperezas tienen que ser, por lo menos, callosidades. Pero Luque, cuando habla de las manos de la mujer viuda, habla siempre de sus asperezas. El celador no piensa tocar este tema en las conversaciones con su jefe.

El departamento destinado al director del Instituto consta de las siguientes comodidades: un despacho, un dormitorio, una sala, un baño, una cocina y un jardín.

El celador cree que sería justo que alguna vez fuese él quien ocupase ese departamento. De hecho, estaría dispuesto a esperar las circunstancias que hiciesen posible el cumplimiento de esa ambición insensata.

El celador, solo en el despacho de su jefe, encendió en el atardecer de aquel día un cigarrillo: tabaco envuelto en papel marrón. Espiaba de vez en cuando el cuarto de baño. Veía la espalda de su jefe sentado en la tina y las manos de la interna de la dependencia 23, arremangada, pasándole jabón por la espalda. Junto al escritorio estaba el cesto y dentro del cesto un bollo de papel. No tuvo que pensar demasiado para saber de qué se trataba. Se inclinó, sacó del cesto la hoja arrugada y la desplegó: era la hoja que Luque había arrancado del cuaderno de Balbi, el interno que ocupaba la dependencia número 15. Había una frase escrita con la letra de Balbi en la hoja del cuaderno, una frase escrita con tinta azul. El celador la leyó:

La vida es el recuerdo de la vida.

Colonia

A través de las puertas abiertas, un poco después, Amadeo Cantón vio que la mujer viuda hundía la mano derecha en el agua y que no la retiraba enseguida. Luque, sentado en la tina de madera, desnudo, con el agua rozando sus anchos y voluminosos senos, miraba por la ventana del cuarto de baño. Por eso el celador veía mejor el brazo derecho que el brazo izquierdo de la mujer viuda. Entonces imaginó que había llegado el momento en que Sofía le lavaba a su jefe el miembro corto, los testículos amplios, y comprendió que comenzaba a excitarse. Esto era quizá lo que más deseaba cuando se daba cuenta de que a pesar de sus contradicciones quería ocupar alguna vez las dependencias destinadas al director del Instituto. Deseaba hacerse lavar el miembro por una interna. Imaginaba a veces que ese día no estaba tan lejos y que a lo mejor todavía contaba con alguna posibilidad de hacerse bañar por la mujer viuda. Esta idea era la que más lo estimulaba. No pensaba, por ejemplo, en Juana García. Tampoco en la enfermera. Y no se le había ocurrido aún la idea de que alguna tarde podría mandar a llamar a Beatriz Rossi, la reina de belleza del carnaval del pueblo en 1991 o 1992, esa pobre tonta que después se había casado con el gerente de la sucursal local de un banco español a quien todos, en el bar Maldonado, e incluso en El Colonial, llamaban el Gaita, esa ilusa que despreciaba al celador, nadie sabe bien por qué. Nunca fueron amantes, él jamás se le insinuó, y apenas se conocían de cruzarse en el mercado o en las tiendas de la avenida General Flores. Pero se cuenta que una tarde, en el bar Maldonado, irritada como nunca, mientras se hablaba de la mujer, de las amantes, y de los hijos de Amadeo Cantón que todas habían parido, Beatriz Rossi había estallado:

—¿Qué le habrán visto las infelices a semejante mamarracho?

Y se dice que, ni lerdo ni perezoso, un rufián que le había echado el ojo a la reina de belleza y que soñaba con ponerle cuernos a la despoblada cabeza del Gaita, le dijo a Beatriz Rossi:

—La poronga, señora. —Y agregó—: La poronga le habrán visto.

Todos los que estaba en el bar, es claro, se rieron.

Ahora el celador se acomoda el bulto que se le mueve contra la pierna izquierda, el bulto que late como un corazón bajo los pantalones, y comprueba que la mano de Sofía no reaparece, el brazo se mueve en el agua, y Luque, poco a poco, cierra los ojos.

Entonces el celador vuelve a hacer un bollo con la hoja que Luque arrancó del cuaderno del interno Balbi, lo arroja en el cesto, fuma su cigarrillo, y espera, de pie en el despacho, que el baño de su jefe termine.

Frente a él, del otro lado del escritorio, está el sillón giratorio con asiento de mimbre y respaldo de madera que el director del Instituto ha dejado de usar. El mimbre se ha roto, los apoyabrazos están desvencijados, y el cuerpo de Luque ya no cabe en ese mueble que ha pertenecido por tradición y costumbre a los directores de la Casa. Por eso se ha hecho traer al despacho otro sillón que se encuentra a espaldas del celador: un sillón de dos cuerpos, tapizado en cuero o en plástico simil cuero, que pertenece a un juego de sillones emplazados en la sala de la casa de la madre de Luque. La madre de Luque vive en la calle Rivadavia, frente a la plaza 25 de Agosto, a cuatro cuadras de la sucursal del banco del cual es gerente el español que se ha casado hace dos o tres años con Beatriz Rossi y a ocho o nueve cuadras del establecimiento que dirige su hijo. La madre de Luque es obesa y pronto cumplirá 70 años. Otro de los problemas que tiene Luque con su madre es que ella no le perdona que en los últimos tiempos su hijo haya resuelto vivir en la Colonia. La madre de Luque cree que esto se debe a que su hijo ha entablado una relación estable con alguna empleada o dependiente del establecimiento y que su hijo y esa mujer se han amancebado en el departamento destinado a vivienda de los directores del Instituto. Las discusiones con su madre sobre este punto —si bien él no ha entrado jamás en detalles acerca de su vida de relación dentro o fuera de la Colonia— provocan en Luque un intenso y perseverante ardor estomacal. Y esto lo pone en seguida de un malhumor insoportable.

La interna de la dependencia 23 ha guardado siempre las distancias con Amadeo Cantón. Él no entiende por qué. La mujer viuda sostuvo relaciones con Alfredo Uranga, un viejo hacendado porteño que un día, sin previo aviso, abandonó el Instituto y nunca más se supo nada de él. Después, cree el celador, ella estuvo enredada durante una breve temporada con otra mujer, la interna de la dependencia sin número. Más recientemente se escucha que el interno Suárez visita con regularidad a la mujer viuda. También ha trascendido que no hace mucho un hombre intentó violarla. Todos los internos, el personal de administración y de enfermería, el director de la Colonia y el propio Amadeo Cantón se han enterado, a través de fuentes diversas, de que un hombre intentó violar a la interna de la dependencia 23. También se han enterado de que los acontecimientos tuvieron lugar una noche no demasiado lejana, que el hombre no pudo consumar su asalto, que resultó golpeado en el intento, y que ha negado, el hombre, a quienes lo han interrogado sobre el hecho, que él haya pretendido abusar o vejar a la mujer viuda. Verdad o mentira, todo el mundo sabe que el hombre en cuestión es Walter Ramos, alias el Gitano. Por todo esto, y quizás por episodios menos difundidos, al celador le resulta incomprensible que la mujer viuda no quiera saber nada con él.

En los días en que tuvo un encuentro amoroso con la mujer viuda, la interna de la dependencia sin número no tenía nombre. Todo en ella, podría pensarse –casi debido a la casualidad– era anónimo. Con el tiempo a la mujer sin nombre se la conocerá con el nombre de Juana García y hoy ocupa la dependencia número 11.

El celador está lleno de deudas porque sus dos amantes y los hijos que tiene con sus amantes le cuestan, como se dice, un ojo de la cara. La mujer del celador sabe que su marido deja casi todo su sueldo en las casas de las otras mujeres. Por eso ella, el hijo que tiene con su marido, y su marido, viven con tan pocos recursos y de una forma tan modesta. La mujer del celador se llama Blanca, pertenece a una familia de origen humilde y no le reprocha a su marido la mala vida que le da. Pero a veces tiene celos.

Cuando Luque da por terminado su baño se pone de pie y sale de la tina. El cuerpo le chorrea sobre la reja de madera que cubre parte del suelo. Él tiene los pies hinchados, la piel rojiza y el vientre le impide ver su propio sexo. La mujer llamada Sofía lo cubre entonces con un toallón de color azul y se va del departamento del director de la Colonia: su labor ha terminado.

El celador sabe que mañana tendrá que pedir otro adelanto a cuenta de su sueldo. Cada vez que el celador pide un anticipo en Contaduría debe firmar un vale en el que consta la cantidad de dinero recibida y el concepto: *A cuenta de haberes a percibir.*

La enfermera del Instituto prepara la comida de Luque en la Cocina de la enfermería. Él se ha negado siempre a comer la comida especial para los directores del establecimiento que con anterioridad a su gestión se preparaba en la Cocina de la Cantina. Luque sostiene que la comida de la Cantina, por muy especial que haya sido la que a él se le destinaba, le ha provocado reacciones alérgicas, erupciones en la piel y ardor estomacal. La enfermera del Instituto hace guisos o carnes diversas al horno que a Luque le resultan platos sanos y sabrosos. La enfermera se llama Raquel y el celador a veces piensa que un día se hará bañar en el departamento del director del Instituto por esa mujer. Se hará bañar, piensa, sea o no sea, él, el director.

Amadeo Cantón está harto de ver en el rostro de los internos las sombras del dolor, de la desolación y a veces del fin. Pero sus deudas le impiden olvidarse del trabajo. Por eso, aunque parezca contradictorio, sueña con ocupar un día la dirección de la Colonia y el departamento destinado a los directores. Es un sueño modesto, insignificante, y al mismo tiempo insensato. Y el celador lo sabe. Pero no puede dejar de pensar en las manos de la mujer viuda bajo el agua cuando ella baña a su jefe. Es una idea más fuerte que él.

En los primeros tiempos de la gestión de Luque, cuando todavía el director comía en la Cantina o, en ocasiones, en su departamento, descubrió una noche que una interna que ayudaba en la Cocina de la Cantina había intentado envenenarlo. En esa época el total de internos alojados en la Colonia llegaba a 33.

El celador cree, por supuesto, que la mujer viuda padece un mal, pero a pesar de todo él no piensa que se trate de lubricidad, lascivia, lujuria o furor uterino. Él piensa que ella es una neurasténica en toda la línea. Sin embargo hay algo que el celador no entiende, o que no puede digerir, y que le produce un ardiente resentimiento: uno de los varios amantes que ha tenido la mujer viuda fue el Rechazado. Esto es definitivamente inadmisible para Amadeo Cantón.

Hay algo que Balbi no puede saber: por alguna razón –que tampoco consigue descubrir–, Balbi cree que él llegó un lunes, hace tiempo ya, al Instituto. Esto es cierto. El problema reside en que Balbi cree que llegó al Instituto por sus propios medios, pero el interno Suárez afirma que no, que a Balbi lo acompañaron o que lo condujeron hasta la Colonia.

¿Sabía Balbi que ese edificio era la sede del Instituto?
Sí, lo sabía.
Sobre este punto no tiene ninguna duda.
Los puntos sobre los que tiene dudas no son muchos, pero son herméticos, de difícil discernimiento, y Balbi se da cuenta de que en realidad quizá el problema reside en que no quiere pensar en ellos. Balbi se da cuenta de que

no quiere hacer memoria: rechaza como una rendición frente a una contrariedad intolerable la posibilidad de hurgar en sus recuerdos hasta poner las cosas en su lugar. No hace falta saberlo todo, piensa Balbi, para tener una idea más o menos clara acerca de la realidad. Esta condición precaria o casi silvestre del mundo en que vivimos –un mundo que a veces admite explicaciones ligeras– no es lo que Balbi ha considerado siempre como algo aceptable. Pero en las actuales condiciones, en las condiciones en las que él se encuentra en este momento de su vida, prefiere no escarbar demasiado ni en las certezas ni en las dudas. Piensa, Balbi, que al fin y al cabo no hay nada malo en vivir durante algún tiempo movido por un estado de vacilación que tiene la ventaja provisoria de no imponerle exigencias drásticas. La lucidez a veces es un reclamo drástico, algo que se nos exige, o que nos exigimos, como si fuésemos capaces, siempre, de entenderlo todo. Esto, cree Balbi en estos días, es un error. Y así lo escribe en uno de los últimos cuadernos que le ha dado la Intendencia. Después relee sus propias palabras, comprueba una vez más que casi nunca lo que escribe consigue expresar exactamente lo mismo que ha pensado, y con este pequeño y cotidiano fracaso a cuestas deja el cuaderno abierto sobre la mesa y sale al patio del Instituto. Da un par de vueltas alrededor del patio, bajo el techo de la galería que lo circunda, y después, al aire libre, se acomoda en su sillón favorito. Hoy, por primera vez en muchos días, le gustaría leer un diario. Tener un diario a mano, por lo menos, y echarle un vistazo. A lo mejor en la Cantina, piensa, hay alguno. Más tarde se encargará de averiguarlo. Ahora enciende un cigarrillo y fuma con alegría. Balbi ha vuelto a

Colonia

fumar después de diez años y se ha propuesto, mientras siga fumando, hacerlo a conciencia y no de una manera mecánica o involuntaria como se suele fumar cuando se fuman muchos cigarrillos por día. De modo que aspira el humo, lo retiene y luego lo sopla suavemente, y el perfume, el gusto del tabaco, y la moderada excitación que al principio de cada cigarrillo produce la nicotina le dan a Balbi una sensación que debe vincular necesariamente con la adicción y con el placer. Sobre este detalle, sobre este mal, se ha pensado poco porque el cigarrillo, en su forma industrial, tal como lo conocemos, todavía no ha cumplido 150 años, y éste es un período muy escaso en la historia de la humanidad que, por otro lado, no termina de descubrir todas las causas de sus males.

La Intendencia, en los últimos días, le ha proporcionado a Balbi dos cuadernos más. El encargado de compras le ha dicho entonces que esos dos cuadernos son los últimos que quedan y que no sabe cuándo el director autorizará una nueva compra de provisiones. Esta noticia le causa primero a Balbi una desazón, un malestar que no puede dejar de vincular al sentimiento que le ha producido a lo largo de la vida el cercenamiento o la limitación de un derecho. Pero en pocos días resuelve este malestar mediante la decisión de seguir escribiendo sólo hasta que sus cuadernos se acaben. Después, piensa, encontrará la manera de conseguir otros cuadernos, o papel suelto –resmas de papel, piensa–, para seguir escribiendo. Y si no, se dice, dejará de escribir hasta que el problema se solucione. A Balbi le causa una cierta tranquilidad llegar a esta conclusión: si no es posible hacerlo, *podrá* dejar de escribir sus apuntes.

El día que Luque visita nuevamente al interno alojado en la dependencia número 15 encuentra a Balbi leyendo el libro de Judit en la Biblia de Jerusalén que hay en todas las dependencias del Instituto. Luque le pregunta a Balbi si es creyente y Balbi le contesta que no. Después los dos hombres se miran sin saber ni por qué se miran ni tampoco qué esperan el uno del otro. A continuación Luque se acerca a la mesa donde está el penúltimo cuaderno que le queda a Balbi con algunas páginas en blanco. El volumen del cuerpo colosal de Luque es una masa que parece moverse con alguna independencia de la voluntad del director de la Colonia. Pero esto es nada más que una *impresión,* piensa Balbi. Luque levanta el cuaderno y lee una frase que ha escrito el interno de la dependencia número 15. La frase dice:

Y así como sueño, si quiero razono, porque la razón no es más que una especie de sueño.

Luque vuelve a dirigirse a Balbi. Es evidente que la frase que ha leído en el cuaderno le ha provocado un sentimiento de rechazo, tal vez de crispación, pero no está dispuesto a decir ni una sola palabra sobre este asunto. En cambio le pregunta a Balbi si está al tanto de la investigación que él, Luque, está realizando. Balbi le dice que sí. El Instituto entero sabe que el director ha decidido investigar una denuncia de la mujer que ocupa la dependencia número 23. Según esa denuncia, Sofía Garay, la mujer viuda, habría sido visitada una noche por un interno que la habría golpeado y habría abusado de ella. Balbi no le dice a Luque que la versión de los hechos que circula entre los internos sostiene que la mujer viuda habría resistido con éxito el asalto y que, incluso, habría golpeado al agresor de manera tal que el hombre no habría podido consumar su objetivo. Pero Luque le pregunta a Balbi si a él le consta, o si ha recibido testimonios fehacientes, de que el asalto, o la intrusión, y el altercado eran un hecho que –con el resultado que fuere– había tenido efectivamente lugar. Balbi le dice a Luque que no, que a él no le consta.

El director del Instituto, después de oír esta respuesta, se mira los zapatos. Con las manos en los bolsillos del pantalón y la cabeza inclinada Luque parece un hombre desmesurado pero inofensivo.

–Los sentimientos, lo que mueve a la gente, lo que está en la naturaleza de los hechos que producimos, los impulsos y las pasiones son todavía un misterio.

Balbi no responde.

Luque, sin embargo, le explica su hipótesis acerca de esta cuestión.

Cuando el director se haya marchado Balbi tomará nota en el penúltimo cuaderno de las palabras de Luque.

Escribirá:

"A veces pienso –dijo el director del Instituto– que una emoción es una reacción orgánica. La filosofía ha dicho que el amor es un disturbio de la razón y el psicoanálisis ha hablado del origen físico de algunos sentimientos. La pasión, según Aristóteles, era una alteración del alma. Las neurosis, pienso a veces –dijo– son formas posibles, a veces escabrosas o indeseables, de algunos sentimientos. Y así como debería formularse una etiología de las emociones también podría analizarse de una manera más concreta –dijo– si existe también una fisiología. Si no, siempre estaremos librados a una especie de azar administrado por fuerzas oscuras: una fe, una disciplina o una interpretación".

–Disculpe –había dicho entonces Balbi–, pero no estoy de acuerdo con sus ideas.

–Me imagino que no –había repuesto Luque, y había completado su discurso.

Balbi, por lo tanto, también escribirá las palabras que habían seguido. No hubiese podido alegar, ni en ese momento ni en ningún otro momento posterior, que las últimas palabras de Luque le habían parecido tan desatinadas como las anteriores.

–Hasta pronto –dice después el director de la Colonia. Y se retira de la dependencia número 15.

Ésa fue la última vez que Luque y Balbi se vieron.

Luque nunca sabría que la frase que había leído esa tarde en el cuaderno de Balbi era una cita del *Libro del desasosiego* de Fernando Pessoa.

Pero antes de que el director saliera de la dependencia número 15 Balbi se atrevió a preguntarle si alguien lo había conducido hasta ese lugar o si él había llegado por sus propios medios.

Luque levantó la mirada vencida por el cansancio que la vida le había impuesto y, a su vez, preguntó:

–¿Por qué quiere saber eso?

–Necesito saberlo.

–De acuerdo. Fue así: su mujer lo acompañó. Viajaron una mañana, desde Buenos Aires, y se presentaron aquí al mediodía. O un poco después del mediodía. Yo ya había comido. Era un lunes. Su mujer me dijo que usted deseaba quedarse acá por decisión propia. Ella no estaba de acuerdo con su decisión. Pero usted ya lo había resuelto, estaba convencido de la necesidad de hacerlo, y ella consideraba que había llegado el momento de respetar este deseo –Luque hizo una pausa, movió la cabeza, entreabrió los labios: eso, quizá, era una sonrisa. Concluyó–: Usted es un voluntario.

Esperó unos segundos.

Balbi no dijo nada.

–Hasta pronto –repitió entonces Luque. Y se fue.

3

El salvador

Balbi ya no escribe en sus cuadernos. Esto se debe a por los menos dos causas. La primera es que la Intendencia se ha quedado sin provisión de cuadernos. La segunda es que ahora Balbi no encuentra qué decir o qué escribir, y tampoco se ha preocupado entonces por conseguir de una u otra manera más papel (ni siquiera lo ha intentado en las salidas de la Colonia que ha descubierto que de vez en cuando se permiten algunos internos). Ha comprendido, también, le dice una tarde al interno Suárez, que escribir lo que escribe no tiene mucho sentido: se trata de ideas pasajeras, ¿sabe?, y por eso, a veces, le interesa más hablar con los otros internos que escribir. Las historias que le cuentan le parecen más atractivas, o más trascendentes, dice Balbi, que las cosas que a él se le ocurría escribir en sus cuadernos. Es probable, de todas maneras, le dice Balbi al interno Suárez, que esta decisión no sea definitiva. Quizá se trate de algo meramente circunstancial.

Cuando el interno Suárez le pregunta a Balbi cuál es su profesión, Balbi se encuentra de pronto frente a dos dudas: no sabe si quiere hablar de su profesión —o incluso de él mismo—, y no lo sabe, a decir verdad, porque no está seguro de que el hablar de ciertos temas de su vida privada o de su historia personal sirva para algo. No cree, por ejemplo, que si lo hiciera el interno Suárez entendería mejor las circunstancias presentes por las que atraviesa, y piensa en cambio que una amistad —y quizá todas las relaciones que involucren a las ideas y sobre todo a los sentimientos que una persona le inspira a otra— puede construirse a partir de lo que se es y tal como se es en el presente. La historia personal, piensa Balbi, es muchas veces una condición, una marca, una estructura que desata casi siempre ideas distorsionadas, si no erróneas, acerca de lo que uno es. "De lo que uno es hoy", piensa Balbi, y le dice al interno Suárez que preferiría hablar de su profesión, y de otros temas personales, en otro momento.

El interno Suárez acepta sin reservas la respuesta de Balbi. Después, mirándose las manos, le dice:

—Yo hice la escuela primaria en un colegio de curas.

La Cantina cierra a las diez de la noche. Por eso el interno Alejandro Balbi sale del local y se dirige a la dependencia número 15. Ve, cuando cruza el patio de la Casa, que en otras dependencias hay luces encendidas y de pronto, por primera vez, piensa que cuando se acueste no se dormirá enseguida, que querrá leer un libro (un libro cualquiera, piensa, pero que no sea la Biblia de Jerusalén), y entonces se acuerda del libro que leía su mujer, en la playa, el verano anterior. Julia, con los lentes de leer debajo de un sombrero de lona, con la espalda apoyada en un bolso, y con las piernas flexionadas (de modo que los pies entrecruzados se hundían en la arena y las rodillas apuntaban al cielo), Julia, en esa posición, absorta, desentendida de Balbi y del resto del mundo, leía un libro.

Julia Conte, una mujer alta, lineal; de huesos firmes; de pelo negro, corto y lacio; de boca grande y mirada un poco estrábica sabe que es atractiva para los hombres y por eso se cubre, en la playa, con una camisa, un sombrero, y anteojos para leer. El verano anterior, en la playa, la mujer de Balbi leía un libro de páginas amarillentas y sueltas, una de esas ediciones de bolsillo de otro tiempo que crujen cuando se las abre, se les quiebra el lomo y las páginas se desprenden y caen o sobresalen del libro; un libro, en fin, publicado hace más de cincuenta años y del que casi nadie, en la actualidad, se acuerda: *Gambito de caballo*, de William Faulkner, reseñado en la contratapa por un redactor distraído que sostenía que se trataba de seis cuentos policiales. Una arbitrariedad, o un juicio sumario, o una sentencia inapelable, piensa hoy Balbi, como son siempre, en todas las épocas, las arbitrariedades o los juicios apresurados.

Él sabe, esta noche, que no se dormirá enseguida y que deseará leer un libro. Por ejemplo, *Gambito de caballo*. Entonces, piensa Balbi, quizá podría saber qué pensaba y qué sentía su mujer aquella tarde del último verano, y él mismo sabría, quizá, qué piensa y qué siente esta noche, cuando el Instituto se apaga, si tuviera la posibilidad de leer un libro de Faulkner.

La idea se arma inesperadamente en los pensamientos de Balbi como una fortaleza entre un montón de ideas difusas, desprovistas de energía o de interés, y es la única idea en la que encuentra un sentido aun cuando piensa de inmediato que se trata de una vergonzosa arrogancia intelectual, por un lado, y, por otro lado, de un anhelo penoso y declinante –como un atardecer en una ciudad intolerable– de perseguir en el aire o en las líneas de un libro las hebras aéreas y tóxicas que le rozan el alma, esta noche, como si fuesen el recuerdo de su mujer, o todo lo que le queda de ella.

Una exageración, por supuesto.

Dos días más tarde el interno Suárez le dice a Balbi que esa noche el director saldrá del Instituto para visitar a su madre. En estas ocasiones, resume el interno Suárez, lo más probable es que el celador, a eso de las diez y media, después que cierra la Cantina y cuando la mayoría de los internos duerme, abandone su puesto y se vaya por ahí: las mujeres dicen que sale, sostiene el interno Suárez, para hacer alguna de las suyas, pero la cuestión es que se va... Entonces nosotros aprovechamos y también salimos a dar una vuelta.

–¿Le gustaría venir con nosotros?

De modo que esa noche, después de las diez y media, el interno Suárez, Sofía Garay, Juana García y Alejandro Balbi salen del Instituto.

La primera etapa del paseo consiste en una corta caminata por el casco histórico de la ciudad. Es un día de semana y

Colonia

todavía hace frío. Por eso las calles están desiertas. No hay turistas, en la ciudad, y la gente se retira temprano. El paseo culmina en un bar mínimo, escondido, donde son muy pocas las posibilidades de que alguien los reconozca: un vecino, tal vez, o un proveedor del Instituto. Pero sería inesperado y poco probable, porque los residentes, a fuerza de vivir recluidos, se han vuelto invisibles. Los cuatro, en el bar, piden ponche y hablan de las cosas que pasan en la Colonia. Juana García y Sofía Garay fuman, así que aceptan la invitación de Balbi y todos fuman.

A veces las salidas, dice Sofía Garay, las hacemos a la tarde. Eso es diferente. No tienen el atractivo de las noches, pero es reconfortante volver a ver las cosas a la luz del sol.

La segunda etapa, después del bar, es un camino por callecitas estrechas y tapizadas con piedras que llevan a la Costanera. En un kiosco que está a punto de cerrar Balbi compra más cigarrillos y una botella de brandy español. Hay cuadernos, en el kiosco, pero Balbi no los ve o no se interesa por ellos.

El día que llegó al Instituto, cuando habló por primera vez con Amadeo Cantón, Balbi se refirió a las calles más transitadas de la ciudad llamándolas callecitas. No sabe por qué, pero esto no le gustó al celador. No le gustó en absoluto.

—No tenía necesidad de hacerlo —dice Balbi—. Hablar de callecitas... Pero me salió.

Juana García, Sofía Garay y el interno Suárez se ríen.

En la Costanera se sientan en un banco. Apretándose un poco entran los cuatro en el mismo asiento. Es un banco de madera, pintado de blanco, un banco de plaza. Desde el oeste llega una brisa fría y dulce. Ellos sentados allí, juntos, ahora en silencio, se pasan la botella, toman traguitos de brandy, fuman, y miran la oscuridad del río, los aislados reflejos de las farolas del puerto en el agua que pasa encorvándose con suavidad, y el cielo estrellado.

Enfrente, del otro lado del Río de la Plata, contra el cielo bajo, se ve, a cincuenta kilómetros de distancia, el resplandor de las luces de Buenos Aires.

Aquella tarde del último verano, en la playa, mientras su mujer leía un libro, Balbi, de frente al sol, con los ojos cerrados, miraba en el interior de los párpados (como si los párpados fueran pequeñas pantallas opacas y anaranjadas) algunas sombras minúsculas que se movían como si circulasen de una manera más o menos errática a través de una curva de aire o de agua...

Alguna vez le habían dicho que esas manchas, en rigor, eran pequeños desprendimientos de vítreo que se desplazaban sobre el cristalino.

Balbi piensa que esas sombras insignificantes son cicatrices.

—Mi madre creía que de los colegios de curas uno salía bien educado. No sé qué pensaba mi padre. Pero me mandaron a un colegio de Buenos Aires, El Salvador —dice el interno Suárez—. Primero me confirmaron, y después tomé la comunión.

—¿En qué lo confirmaron? —le pregunta Sofía Garay.
—La confirmación es un sacramento que lo confirma a uno en la fe de los católicos. ¿Usted no hizo la confirmación?
—Yo creo que ni siquiera me bautizaron. Mis padres no tenían tiempo para esas cosas.

Ella se pasa una mano por el pelo castaño, casi rubio, y es imposible en este momento saber por qué hace silencio y, mucho menos, en qué se queda pensando.

Balbi cree que Sofía Garay piensa que nació en un país equivocado. Balbi cree que ella piensa en su madre y que, como su madre, ella quiere ser una mujer italiana.

—¿Se enteró? —pregunta el interno Suárez, y agrega—: Ya no hay palomas en la Plaza de Mayo.
—No —dice Balbi—. No sabía.
—Ayer lo leí en el diario. Ya no hay palomas. Se asustaron. Se fueron a otros barrios. Las cacerolas y las bombas de estruendo, dicen, les daban miedo.

Los internos saben que el director de la Colonia está convencido de que Walter Ramos abusaba de Juana García, y de que Sofía Garay, a quien se le atribuyen relaciones con diversos internos —incluso con Galván, el Rechazado— fue asaltada una noche, no hace tanto, por el mismo hombre.

Juana García no responde cuando se le pregunta sobre la naturaleza de sus encuentros con Ramos. La mujer viuda, en cambio, rechaza de plano todas las relaciones que se le atribuyen, con salvedad de su vínculo actual con el interno Suárez.

Balbi no puede dejar de pensar en que siempre que ha oído un relato acerca de los abusos que el Gitano practicaba con Juana García ha escuchado también –y también del propio Walter Ramos– que Juana García se dejaba. Se deja, decía el Gitano, como un animalito.

Balbi no se atreve a pensar que nada de todo esto es verdad (el interno Suárez, sin ir más lejos, le ha dicho que él lo ha visto con sus propios ojos), pero en su fuero íntimo cree que los rumores –para llamarlos de alguna manera– bien podrían ser relatos fantasiosos o puras mentiras. Algo le dice, sin embargo, que en la base de los chismes suelen ocultarse episodios reales aun cuando para él conserven un cierto matiz de confusión o le resulten, casi siempre, insidiosos.

–Walter Ramos es un hombre insuficiente –dice Sofía Garay.

La verdad es una conjetura. El conocimiento es una hipótesis. Nunca se sabe lo que se desea: por eso le tenemos miedo al amor y a la muerte.

Ésta es la última nota escrita por Balbi en las últimas líneas del último cuaderno que le entregó la Intendencia hace un par de meses.

Colonia

Julia Conte, la mujer de Balbi, es médica, se ha dedicado a la neurobiología, y estudia los misterios de la memoria. Antes de casarse con Balbi, desde el año 1989 hasta el año 1992, Julia Conte trabajó como ayudante en el equipo del doctor Eric Kandel de la Universidad de Columbia.

En 1993, cuando regresó a Buenos Aires, Julia Conte conoció a Balbi y se casó con él pocos meses más tarde.

El doctor Eric Kandel, de origen austríaco, recibió el Premio Nobel de Medicina en el mes de octubre del año 2000 por su descubrimiento de los procesos moleculares que hacen posible la configuración de la memoria.

El doctor Arvid Carlsson, de la Universidad de Goteburgo, Suecia, y el doctor Paul Greengard, de la Universidad Rockefeller, Estados Unidos, compartieron el Premio Nobel con el doctor Eric Kandel. El trabajo de estos hombres echó luz sobre los mecanismos que vinculan a más de cien mil millones de neuronas en un *diálogo bioquímico* que hace posible el movimiento y el aprendizaje.

A pesar de que su mujer ha intentado explicárselo varias veces, Balbi todavía no entiende cómo funciona la memoria, y no entiende, sobre todo, por qué, a partir de cierta edad, comienza a fallar o deja de funcionar.

Alejandro Balbi recuerda que su mujer ha cumplido 39 años. Y sabe también que su mujer tiene un amante.

–Yo hice la escuela primaria en un colegio de curas –dice el interno Suárez–. El Salvador tenía siete patios. Era un colegio de curas jesuitas. Un colegio caro, bacán, para niños bien, para padres liberales, autoritarios, militares o chupacirios. También servía para hacer facha, camuflaje, para darse ínfulas. Uno de mis mejores amigos, en ese colegio, era hijo de un coronel. Otro llegó hace dos o tres años a ministro pero enseguida lo echaron. En 1955 parecía el petiso orejudo. Llevaba con vergüenza, no sé por qué, un apellido catalán. Ahora no puedo decir cómo se llamaba. Pero era uno de esos apellidos que se escriben, por ejemplo, Pujol, y que en Barcelona se pronuncia Puyol y acá Pujol, con jota. A esa edad no se entiende por qué algunas cosas son insoportables. Y no se sabe qué quedará grabado a fuego y qué se perderá como si nada con el paso del tiempo. Es así. El patio principal del colegio estaba lleno de palmeras y bordeado por una galería sostenida de tanto en tanto por columnas, igual que los patios del Instituto. En ese patio estaba el mástil y todos los días se izaba la bandera. Si llegabas un minuto tarde, si cuando desembocabas en el patio principal escuchabas *Aurora* y el abanderado y sus escoltas estaban izando la bandera, te tenías que quedar clavado en el suelo… –dice el interno Suárez–. Sí, es así. El tiempo pasa y uno habla mucho sobre el paso del tiempo. Pero vamos perdiendo la vida sin darnos cuenta. Yo ya tengo 56 años.

Sofía Garay le acaricia el pelo.

–Eso no es verdad –dice.

La mujer viuda dice que no es cierto que haya sido amante de Alfredo Uranga, un terrateniente argentino que algunos años atrás pasó una temporada en la Colonia y que un día desapareció como si se lo hubiera tragado la tierra.

–Era un pobre hombre que necesitaba hablar con alguien –dice–. Y yo hablé con él. Incluso en un par de ocasiones fui a verlo a su dependencia. Pero eso no tiene nada que ver con las injurias que hicieron circular el Gitano y el celador.

Juana García le pide otro cigarrillo a Balbi. Mira las estanterías despobladas del bar y sopla el humo. Termina su vaso de ponche y pregunta:

–¿Por qué necesitaba hablar?

–Era un hombre casi viejo y estaba enfermo –dice la mujer viuda–. El remordimiento no lo dejaba dormir. Había violado a su hija cuando la chica tenía 14 años.

–A mí también me violaron –dice Juana García.

–¿Tu padre?

–No sé si era mi padre. Pero fue el único hombre que vivió con mi mamá.

Ella dice: *mi mamá*.

–La hija de Alfredo Uranga se suicidó a los 20 años.

El Impenetrable es un monte o una selva en el norte de la provincia del Chaco, Argentina. En esa espesura de cuatro millones de hectáreas apenas explorada sobreviven algunas familias de indios wichís, tobas y mocovíes. Hace treinta años una misión compuesta por ecologistas, exploradores, arqueólogos y un par de médicos descubrieron de casualidad a un ser vivo a punto de morir desangrado por las heridas que le había producido un puma. Los científicos creyeron primero que se encontraban frente a un animal nunca visto cubierto de costras, barro y sangre. Después encontraron un machete y se dieron cuenta de que se trataba de un ser humano. No se atrevieron a hablar, al principio, ni de su sexo ni de su edad. Era un cuerpo pequeño, extremadamente flaco, y se arrastraba o se movía en cuatro patas por la selva. Gruñía. Lo trasladaron a un pueblo. Establecieron una hipótesis: la criatura se había perdido en el monte antes de aprender a caminar. Le enseñaron palabras en castellano. Ya habían resuelto que era un adolescente o un hombre joven. Nadie podría decir por qué lo llamaron Galván. Le preguntaron la edad y la criatura les hizo entender que no entendía la pregunta. Llegaron a una conclusión: Galván no sabía qué era la edad. Galván no sabía qué era la edad porque no sabía qué era el tiempo.

–Mi padre era empleado público –dice el interno Suárez–. Tenía un sueldo que nos permitía llevar una vida discreta. Pero no le alcanzaba para pagar el colegio. Yo fui al Salvador por un capricho de mi madre… Ella creía que de los colegios de curas uno salía bien educado. No pensaba en la plata. Ella pensaba que mi padre tenía la obligación de pagarme un colegio así. Un día, en sexto grado, un cura me dijo que tenía que presentarme en la Prefectura. Yo me presenté. Y otro cura, en la Prefectura, me dijo que mi padre le debía al colegio seis o siete meses, no me acuerdo bien, y que si no se ponía al día yo no iba a poder terminar la escuela primaria en El Salvador... Es así. ¿Qué se hace a los 12 años con un mensaje como ese? ¿Qué se hace con tanta vergüenza, con tanta humillación cuando no se puede hacer nada?

Tampoco con Galván, el Rechazado, tuvo la mujer viuda nada que ver. Eso es lo que ella sostiene sin vacilaciones esa noche en el bar mientras toman algunas copitas de ponche y fuman cigarrillos argentinos. El Rechazado se ha convertido en un hombre raro. Cuando llegó al Instituto, hace muchos años, dice la mujer viuda, no era un hombre. Era un mono raquítico y salvaje. Repetía sólo una docena de palabras y era rengo porque un puma, en El Impenetrable, le había destrozado el pie derecho antes de que él consiguiera matarlo con un machete. Con el tiempo Galván fue mejorando, aumentó siete kilos, aceptó ponerse todos los días un pantalón y una camisa, y aprendió a hablar en una lengua rara: si se lo proponía por fin lograba hacerse entender. Otras propiedades habían hecho de Galván, desde los primeros días –cuando los internos se amontonaban a su alrededor para contemplarlo como si se tratara verdaderamente de un mono y lo llamaban el Monito–, una rareza y una curiosidad. Vivía desnudo, como lo había hecho durante toda su vida anterior en El Impenetrable, y dejaba a la vista entonces el sexo... Galván entraba cualquier mediodía desnudo a la

Cantina, rengueando, y todos los internos, hombres y mujeres, no podían dejar de mirar el pene más largo y más grueso que habían visto nunca jamás. Ninguno de los internos actuales estaba en la Colonia en aquel tiempo. Pero se ha difundido una leyenda que cuenta que la primera mujer que tuvo relaciones sexuales con el Monito fue una mulata que ayudaba en la cocina. El testimonio de esa mujer le valió a Galván para entrar en contacto con otras mujeres, unas eran empleadas de la Casa y otras simples internas. Se dice, también, incluso en estos días, que alguna vez el Monito destrozó con su sexo a una gallina. Pero el mote que hoy lo nombra le viene de un fracaso, porque, hombre, a pesar de todo, un día cualquiera se enamoró de una empleada de administración que estaba a punto de casarse con un médico que acababa de instalar su propia clínica en la ciudad. Y esa mujer no sólo rechazó a Galván sino que hizo público, además, que lo había rechazado. Esa mujer, a quien Galván le debe el mote que hoy lo nombra, no estaba dispuesta, tampoco, a perder la oportunidad inesperada que el arrobamiento del *lisiado mental* –había dicho– le brindaba. Y no la perdió. Se declaró acosada, exigió que la Colonia la indemnizara y renunció de inmediato a su trabajo en la oficina de administración. Luque, que era muy joven y que no hacía más de un año que había asumido la dirección del Instituto, no tomó, sin embargo, ninguna medida contra Galván, quizá porque entendió que Galván había sido una víctima inocente de sus sentimientos o de sus impulsos y de una fría maniobra por parte de la empleada administrativa que le reportó el dinero suficiente para buscar otros aires. Pero desde entonces a Galván se lo llama

Colonia

el Rechazado. Y Galván dice: Se librará de mí usted no nadie quedó a salvo de mi muerte porque yo las palabras que gatos ratas celadores y putas se tragan bofe como no se tragan y aquí soy para que no se sepa qué mierda comemos y para que nadie diga la verdad.

—Cuando estábamos en cuarto grado, mi amigo, el hijo del coronel, me invitó una vez a pasar un fin de semana en su casa —dice el interno Suárez—. Por supuesto, yo nunca había estado en una casa como ésa. Me acuerdo de las alfombras, de un piano de cola, de bomboneras de porcelana, de cigarreras de oro y de un televisor, el primer televisor que vi en mi vida. Pero de todo, de todo lo que había en la casa de mi amigo, lo que más me impresionó fue una colección de balas expuesta en una vitrina. Mi amigo me dijo que eran balas de pistolas automáticas, balas de máuser, balas de ametralladoras livianas y de ametralladoras antiaéreas... El sábado me llevaron a una estancia donde jugaban al polo. En uno de los equipos jugaba el padre de mi amigo... El domingo a la tarde vimos a la selección argentina de fútbol en la televisión. Nunca me voy a olvidar de ese partido en blanco y negro... El domingo a la noche los padres de mi amigo me llevaron en auto a mi casa... Cuando se fueron me encerré en mi pieza. No quería hablar con mis padres. No quería comer. Tenía ganas de llorar.

Las luces de Buenos Aires, a cincuenta kilómetros de distancia, parecen una franja de bruma iridiscente y pálida que se refleja en la bóveda del cielo. Dicen que el Gitano tiene unos gemelos (que otros internos llaman prismáticos o también binoculares) y que si se mira la luz de Buenos Aires con los gemelos se descubre que no es una bruma sin forma: se ven, dicen, edificios, ventanitas iluminadas, y el contorno de la ciudad se recorta contra el resplandor de fondo, que es el que produce toda la ciudad y el que se refleja en el cielo.

—Así que las palomas se fueron de la Plaza de Mayo —dice Balbi.

—Sí. Eso leí en el diario —dice el interno Suárez—. Se fueron a otros barrios, por ejemplo a Palermo, a Belgrano, a la Recoleta.

—Está refrescando —dice Sofía Garay.

·

El uniforme de la primaria, en El Salvador, era un blazer azul con el escudo del colegio, pantalón gris, camisa blanca, corbata azul con rayas grises o plateadas, no me acuerdo bien, zapatos negros y medias tres cuartos. Me parece que todos, en la primaria, usábamos pantalón corto. Para estar en el colegio llevábamos un guardapolvo gris. Había modas, épocas. A veces los guardapolvos se usaban

Colonia

sucios y arrugados, desprendidos, o con el cinturón suelto y atado atrás. Estas cosas no les gustaban a los curas. Pero un día, de pronto, venía la moda del guardapolvo limpio, los zapatos impecables, el pelo bien peinado. No duraba mucho, esa moda. Nos manchábamos con tinta, jugábamos al fútbol, nos peleábamos y nos revolcábamos por el suelo de los patios... Entonces, igual que cuando hablábamos en clase, o si se armaba lío en el comedor, si alguno volcaba una jarra de agua en las mesas de mármol, o si los que se sentaban en las puntas de los bancos empujaban el banco para atrás y los que estaban sentados en el medio se caían, los curas nos ponían en penitencia. A los pupilos no les importaba mucho, porque ellos vivían en el colegio. Los externos, que se iban a comer a la casa, o los medio pupilos, que salíamos a las seis o a las siete de la tarde, nos quedábamos después de hora. Las penitencias eran rezar no sé cuántos rosarios o marchar en un patio, dar vueltas y vueltas cumpliendo órdenes militares. Todos los tacos tenían que producir un solo golpe contra el suelo de cemento. El cura nos marcaba el ritmo:

"¡Izquierda!"... "¡Izquierda!"

Para tomar distancia tenías que estirar el brazo derecho y con la punta de los dedos rozar el hombro derecho del compañero que estaba adelante. Después, marchando, movíamos los brazos con las manos abiertas y los dedos pegados... La vista al frente, fija en la nuca del que tenías adelante..., como boludos aprendices de soldaditos en un colegio de milicos... Schneider era un alemán alto y flaco, de 11 años, y las medias grises del uniforme siempre le quedaban cortas. Tenía las piernas largas, derechitas, dos palos de escoba que terminaban en los zapatos más grandes del colegio... Una tarde nos tenían marchando en el patio de los mayores. Cuando pasábamos frente al comedor yo miraba las mesas a través de las ventanas con rejas. A los mayores, que eran los de la Secundaria, les daban para la merienda galletitas cubiertas con chocolate. A nosotros nunca. Por eso a veces nos colábamos en el comedor de los mayores y les robábamos galletitas. Schneider no. Ni siquiera las probaba, después, cuando las repartíamos. Era pupilo y dormía en una de esas piezas chiquitas con puertas enrejadas que daban a un pasillo angosto. Tenía miedo... Una tarde, no me voy a olvidar nunca, ya habíamos perdido la cuenta de las vueltas que habíamos dado en el patio de los mayores. Entonces Schneider levantó la mano y pidió permiso para ir al baño. El cura que dirigía el desfile le dijo que no y que si se hacía de nuevo el piola se iba a quedar marchando solo hasta las diez de la noche. Schneider no levantó más la mano... Tres o cuatro vueltas después lo primero que sentí fue el olor. Enseguida me llamaron la atención las orejas coloradas de Schneider. Por fin me di cuenta de que un hilo grueso de mierda líquida le caía por la pierna derecha.

Las mujeres se paran.

–Hace frío, ahora –dice Sofía Garay y se levanta las solapas.

–Sí –dice Juana García–. Hace frío.

El interno Suárez y Balbi las siguen. Por una callecita empinada, de piedras gruesas, los cuatro regresan al Instituto.

4

LAS COSAS DE LA VIDA

> *¿Por qué sólo en la desdicha suele
> existir un lenguaje propio?*
>
> Peter Handke

Hoy ya casi no se habla de esas cosas, no porque no se sepan o no se hayan sabido, o porque casi nadie las recuerde, sino porque la indolencia ha hecho su trabajo, se ha depositado en el corazón de estas mujeres y estos hombres del mismo modo que el sueño se apodera lenta, progresivamente, de los cuerpos hasta que la conciencia se adormece y se adquiere de una manera casi mecánica la propiedad de no pensar más, de no recordar ni saber que el dolor es la sustancia más constante de la vida.

El doctor Sergio Fantini apareció muerto en sus dependencias una mañana del mes de febrero de 1997, pocos días antes de cumplir los 72 años. Era nieto de italianos que llegaron a Buenos Aires a finales del siglo XIX y de padres que hacia 1925 se radicaron en Montevideo. Por eso, desde muy joven, adulador y adicto a las pequeñas confusiones –como lo sería para siempre–, el joven estudiante de medicina declaraba que él era rioplatense, como su escritor favorito.

Luque, entregado una vez más a sus convicciones conspirativas, sospechó que el doctor Fantini había sido envenenado y ordenó que se le practicara una autopsia. El resultado diagnosticó que el hombre había muerto de un paro cardíaco mientras dormía y eliminó toda duda posible acerca de otros motivos o de motivos no naturales, pero desde entonces Luque vive convencido de que la mujer encargada del cuidado doméstico de Fantini y de sus dependencias le había *enrarecido* la última cena, que él llama, desde entonces, "sus últimos alimentos". Y aquella mañana del verano de 1997 se perdieron las esperanzas de saber, alguna vez, cuál era el escritor preferido del viejo médico del Instituto.

Las razones conocidas, pero de las que tampoco nadie habla en la Casa, han demorado hasta hoy la designación de un médico que reemplace al doctor Fantini. Este hecho capital, sumado al olvido o a la indiferencia de la administración pública, que año tras año sólo aprueba un presupuesto provisorio y magro para la Colonia, más el carácter mismo de la institución –en debate a partir del mismo momento en que se disolvió para siempre la última Fundación a través de la cual un grupo de damas de la ciudad subsidiaba en los últimos tiempos su existencia– determinaron que la Casa pasara a depender de la esfera oficial, es decir, del Estado, sin que nadie sepa hoy a ciencia cierta si la Colonia depende del municipio, del departamento, de la provincia o de la nación misma formando parte, por ejemplo, de alguna secretaría o subsecretaría del ministerio correspondiente. De esta manera, es obvio, el carácter mismo del Instituto, su razón de ser, ha continuado desdibujándose y desde la desaparición del doctor

Colonia

Sergio Fantini las cosas parecen haber llegado a un estado irrecuperable puesto que incluso Luque, su director, ha dicho ignorar, en más de una ocasión, la existencia de algún conjunto de normas o de un reglamento que hayan regido tanto los objetivos como las costumbres de la Casa.

Sin embargo, Alejandro Balbi, hace poco, descubre sin proponérselo una evidencia de que motivos tal vez oscuros intervienen en los entretelones del abandono y la desidia porque una noche, mientras prepara el fuego para hacer un asadito, encuentra junto a la pared de ladrillos de la última parrilla (las parrillas que están en la parte trasera de uno de los patios del Instituto) dos pilas de pequeños libros atadas con hilo sisal que alguien ha dejado allí, sin duda, para que se haga fuego, y descubre, el interno Balbi, esa noche, que todos los libros de esas dos pilas depositadas junto a la última parrilla son aproximadamente unos doscientos ejemplares de un volumen de pocas páginas, o de un opúsculo, un montón de libritos en mal estado, carcomidos por la humedad, en cuyas tapas color crema puede leerse, no sin esfuerzo, que se trata de la Declaración de Principios y del Reglamento Interno de alguna institución fundada en homenaje o memoria de alguien llamado, probablemente, Gilberto Figueroa, filántropo y prócer, y que este conjunto de fines y normas fue publicado en el año 1921. Balbi hojea sin mayor interés un ejemplar del Reglamento y se da cuenta de que el viento que sopla desde el río mueve las copas de las palmeras y de los tilos. Por fin, se guarda dos ejemplares del librito en un bolsillo, deshoja otro y mezcla el papel con un poco de leña y con la pinocha que cubren el carbón ya listo bajo la parrillita número dos, es decir, la segunda de la izquierda.

Entonces enciende el fuego, frota con sal la carne sobre una tabla de madera, se limpia las manos en un trapo y se sirve medio vaso de vino. Pocos días después descubrirá que, como en todas las cosas, hay preguntas que no tienen respuesta y que su descubrimiento conduce a un par de revelaciones insignificantes y a un hecho sin incidencia concreta en la evolución de los problemas actuales de la Colonia. Primero: nadie tiene hoy presente en la ciudad, y mucho menos los jóvenes, que el Instituto haya sido creado por una entidad privada o dependiente de una sociedad no gubernamental, aun cuando nadie niega que años atrás un grupo de damas de la ciudad haya paliado con altruismo parte de sus necesidades. Segundo: la memoria de Gilberto Figueroa –o como se haya llamado–, filántropo y prócer, se ha disuelto en el paso del tiempo como se disuelven las nubes débiles de alguna tarde de otoño cuando sopla el viento frío y parejo del oeste, de modo que hoy hablar de Gilberto Figueroa es algo así como hablar de una inexistencia, de una extravagancia o de una ficción concebida en alguna velada hundida en el aburrimiento, quizá unos ochenta años atrás, por un grupo de damas hartas del protocolo y de las buenas costumbres mientras en un salón próximo del mismo Club Social sus maridos, jóvenes y adinerados, o envidiables herederos, jugaban al billar y aspiraban rapé. Tercero: Luque no es el director del Instituto (sea cual fuere el origen o las circunstancias actuales del Instituto) por casualidad o por inercia burocrática: su padre también lo fue, y, se cree, también lo fue su abuelo: todos ellos médicos que jamás ejercieron la medicina y que se dedicaron en cambio a tareas administrativas o de dirección de

Colonia

diversas instituciones hasta que uno a uno y a su tiempo recalaron en la Colonia.

De modo que Balbi mira la hora, esta noche de primavera todavía un poco fresca, y mientras espera a Juana García pone las primeras tiras de asado de costilla sobre la parrilla alta para que la carne se haga de a poco, no se arrebate, quede tan cocida por dentro como por fuera. En seguida se sirve otro medio vaso de vino y enciende un cigarrillo.

En ese mismo momento se le aparece el celador.

En la media luz de los faroles dispersos a lo largo del patio Amadeo Cantón fija sus ojos tallados por el rencor y dice:

–Fue un golpe duro.

Balbi se saca los anteojos, ve la cara del celador perforada para siempre por la viruela y recuerda que además el hombre tiene el mal de Chagas, una enfermedad casi incurable que quizá ya le habrá transmitido –piensa Balbi– a todos sus hijos, los que tiene con su mujer y los que tiene con sus amantes. La mirada gris, apacible del interno Balbi no puede despertar suspicacias en Amadeo Cantón. Pero lo que el celador ignora es que Balbi ha podido siempre evitar que sus sentimientos, su ira, su alegría o sus ideas se le asomen a los ojos, de manera que su mirada parece siempre la mirada apacible de un hombre neutral. Por eso el celador no advierte, tampoco, la ironía que se desliza en la voz de Balbi cuando le contesta:

–Sí, demasiado duro.

–Él era un hombre de esos que dejan marca.

A Balbi le pareció estúpido, inoportuno o inadecuado preguntarse si alguna de las marcas que Luque sin duda le había grabado al celador sería visible como son visibles los cráteres infames que en ocasiones la viruela incrusta en la cara de un hombre.

–Es así –dice Balbi–. Durante mucho tiempo será difícil olvidarlo.

Otra vez la ironía, piensa Balbi, o el sarcasmo: más o menos lo mismo, una manera de burlarse de este pobre diablo que, de darse cuenta, podría complicarnos las cosas.

–¿Un asado? –pregunta inesperadamente el celador, dándole la oportunidad a Balbi de olvidarse de sí mismo, de Luque, incluso de los aspectos más formales y visibles del Instituto, para pensar en otra cosa.

–Sí, un asado –dice Balbi–. Vamos a comer un asado.

Tiene la esperanza de que el celador no le pregunte con quién –aun cuando si quisiese saberlo, más tarde, o al día siguiente, podría enterarse de inmediato– y Amadeo Cantón no se lo pregunta.

–Buen provecho –dice, y se aleja fumando uno de sus cigarritos de papel marrón.

Capaz que esta noche sale, piensa Balbi, sale, se va de juerga, el celador, o se emborracha en el bar Maldonado donde sus amigos y sus enemigos le preguntarán inexorablemente sobre su mujer y sus amantes... Entonces Balbi apaga su propio cigarrillo, mueve el carbón con un atizador y vuelve a mirar el cielo estrellado en esta primavera prematura y un poco fresca.

Resulta muy difícil saber, en algunos campos, cuándo una idea es verdaderamente acertada, luminosa o incluso genial, y cuándo no es más que un artilugio, un silogismo dudoso o un disparate.

Balbi recuerda ahora las últimas palabras que escuchó de boca de Luque el día en que el director le había hablado en la dependencia número 15 de una fisiología de las emociones. El interno Balbi también había tomado nota de esas últimas palabras y ahora las recuerda, punto por punto, mientras mira crepitar el fuego. Y a pesar de haberle dicho a Luque, ese día, que no estaba de acuerdo con sus ideas, en su fuero íntimo debe ahora reconocer que hay algo en el pensamiento casi extremo de Luque, en estas últimas palabras, que Balbi, de una forma imprevista y todavía confusa, comparte. Luque, aquella tarde, después de leer una cita de Pessoa en el cuaderno de Balbi, había desarrollado una perorata acerca de los sentimientos y de las emociones, y para terminar había dicho: "Mire, Balbi: las ciencias sociales no dan abasto para explicar la indiferencia del mundo ante las catástrofes contemporáneas... Estoy hablando de cosas como el hambre, el genocidio, las guerras... Es fácil, desde luego, rebatir esta idea con una afirmación demagógica o dogmática. Por ejemplo: el problema de las emociones no tiene nada que ver con los Balcanes o con la guerra de Afganistán. Quienes dicen cosas así no sólo se equivocan: son necios, y a veces son fascistas. Existen formulaciones progresistas que no son progresistas".

Mientras comen el asado, al aire libre, sobre una mesa de piedra, cerca de la parrilla, Juana García le cuenta historias de su madre. Y también habla un poco del hombre que había vivido con su madre y que durante mucho tiempo ella había creído que era su padre. "Lo creí", dice Juana García sin mirar a Balbi, "hasta que me violó por primera vez".

Cuando Juana García habla de su madre dice "mi mamá".
Mi mamá.
Dice ella.

Balbi, con sus ojos que no ven –según creen otros internos–, mira la boca de Juana García mientras ella habla de *ese hombre* y recuerda que la primera vez que la vio, en la carbonería, acariciando un gato, ella se había inclinado, los faldones del guardapolvo se entreabrieron y él le había mirado los muslos, largos y delgados, como toda ella, y que en el fin de sus muslos había visto, o había creído ver, el color celeste de una bombacha… Algo que puede verse de la intimidad de una mujer cuando no advierten que sus movimientos o las posiciones del cuerpo muestran lo que normalmente no puede verse. Balbi siente remordimientos ante este recuerdo. No es vergüenza ni tampoco mortificación. Es un remordimiento. Como si él hubiese sido responsable de aquella visión.

No dice nada.

Escucha otra vez a Juana García hablando de su *mamá*.

Balbi se pregunta por qué ella no pensó que su padre, si aquel hombre hubiese sido su padre, *también* hubiera podido violarla.

Juana García es alta, tiene el pelo mal cortado, mastica con la boca abierta, los dedos con los que sostiene los cubiertos son largos y le hacen pensar a Balbi en los dedos de otra mujer. Los movimientos de Juana García, a pesar de que podría pensarse en ella como en un animalito –no sólo como una oveja sino también como en cualquier animal indefenso y torpe– son sutiles, y en otro caso –pero ¿por qué no en éste?– revelarían tal vez los rasgos de una educación inconcebible a simple vista y a juzgar sólo por los datos que se conocen de esta mujer.

La interna García cumplió 27 años hace pocos meses.

Es decir: Juana García ingresó en la Colonia cuando llegó a esa frontera incierta, pero sobre todo inútil, que se conoce en casi todo el mundo como la mayoría de edad.

Después, cuando terminan de comer y fuman el último cigarrillo, Juana le pide a Balbi que la acompañe hasta su dependencia.

–Sí –dice Balbi–. Por supuesto.

Ella le agradece esa respuesta con una sonrisa fugaz. Desvía la mirada y dice:

–Tengo miedo.

La abulia administrativa y la resignación que a lo largo del tiempo consumió el ánimo y la energía de Luque desdibujaron las funciones de la Casa de Reposo y pusieron poco a poco en un olvido casi involuntario su razón de ser. De esta manera, sin atención médica, librados a su voluntad o al azar, y al buen trato, o al trato humanitario, que les da el personal de la Casa, desde la enfermería hasta la Intendencia, y regidos por un código de costumbres más férreo que infalible que Luque ha impuesto sin proponérselo de verdad, o sea, como consecuencia práctica de una demostración de sus obsesiones y certezas más que como un mandato lógico o preciso, los internos se entregan a una subsistencia obediente y sin pretensiones, como si vivir allí fuese todo lo que necesitan en la vida, y avanzan, también sin proponérselo en forma declarada, sobre los límites de alguna reglamentación anterior y perdida en la memoria de la Casa. Así que ni ellos ni nadie son responsables de su salud, de sus hábitos públicos o privados, y se ofrecen a esa sobrevida como a un don, como a un regalo del cielo –diría Sofía Garay–, nadie considera que nadie deba o esté ya en condiciones de abandonar la Colonia, y en la Colonia están presentes las adicciones más comunes de los hombres, el alcohol, el tabaco y el sexo, de modo que no se tiene necesidad de casi nada más y sobre todo de nada puramente intelectual. Los libros, el cine o la música, así como las disquisiciones del pensamiento o la discusión de la política son experiencias extraviadas, sin objeto ni nostalgia de ellas. Pero un día una noticia por completo inesperada fulmina el corazón de la mayoría de los internos y de casi todos los empleados de la Casa: En la noche de ayer, les informa el celador, el doctor Luque... –y cuando el celador dice "el doctor Luque" y no Luque a secas, o el director, como lo hace siempre, Balbi ya lo sabe y la congoja hace presa en él antes que en sus compañeros–. Es apenas un instante, el fulgor de la llama de un fósforo de cera con el que Juana García enciende un cigarrillo... En seguida la noticia los deja en una situación de zozobra, de perplejidad, librados a un sentimiento repentino, perplejos frente a un hecho fuera de la imaginación

Colonia

de los hechos cotidianos o habituales. La noticia, entonces, los conduce hacia un oculto temor por la propia indefensión. Es decir, dice el celador, nuestro director, en la noche de ayer, ha dejado de existir.

Y es así.

Luque murió anoche, en casa de su madre, después de comer. Un médico ha firmado el certificado de defunción en el que consta que el director del Instituto, el doctor Álvaro Luque, murió ayer, entre las 9 y las 11 de la noche, a consecuencia de un paro cardíaco después de una ingesta abundante.

La madre de Luque vive en la calle Rivadavia, cerca de la sede de Radio Colonia. Es una mujer de 69 años y ejerció sobre su hijo una influencia que el paso del tiempo había debilitado. Luque heredó de su madre la perseverancia, el malhumor y la obesidad. En los últimos tiempos él y su madre discutían sobre un tema excluyente. Ella no dejaba de confeccionarle sus camisas o blusones de color gris, que él usaba con corbatas verdes y un blazer azul de verano, pero esta tarea era para la madre de Luque un deber irrenunciable y jamás dejaría de cumplirla como consecuencia de la discusión que se había instalado entre ellos con la forma de una miserable catástrofe doméstica. La madre de Luque le reprochaba que la hubiese abandonado para instalarse en las dependencias de la Colonia destinadas a vivienda del director, pero lo que en rigor la enfurecía era la convicción de que su hijo había dejado la casa familiar para *juntarse* –ésa era su definición preferida– con alguna empleada o interna del Instituto. Y si bien Luque le había hecho saber en más de una ocasión que estaba prohibido no sólo convivir sino también sostener relaciones personales de cualquier naturaleza con las internas, su madre insistía con sus argumentos sin cambiar ni una coma. Las discusiones con su madre sobre este asunto desencadenaban en Luque un fuerte ardor estomacal. Y esto lo ponía en seguida de un malhumor intolerable.

Es natural que la gente se pregunte si Luque habrá sufrido un paro cardíaco después de haber comido en exceso y en medio de una violenta discusión con su madre. Pero este punto nunca saldrá del terreno de las hipótesis o de las murmuraciones porque la madre del director de la Casa de Reposo jamás hará ni siquiera una mínima mención de ningún episodio que haya significado, entre su hijo y ella, un desencuentro la noche de su muerte.

Sofía Garay recuerda, en la sede de la empresa funeraria, cerca del mediodía siguiente, mientras tiene lugar el velatorio de Luque, que el último médico que tuvieron en la Casa, el doctor Sergio Fantini, también murió de un paro cardíaco. La única diferencia, dice la mujer viuda, es que Luque era mucho más joven. Balbi se pregunta entonces qué otras cosas se podrían recordar de Luque en este momento. Por una razón de orden casi sumarial –nunca olvidará que fue interrogado por Luque–, Balbi tiene presente la última resolución de peso que había adoptado el director de la Casa, quien después de mucho pensarlo había expulsado del Instituto a Walter Ramos, el Gitano, bajo los cargos de falta grave de conducta y abusos deshonestos. Esto había ocurrido tres días atrás y Balbi había pensado que el Gitano y él mismo habían coincidido en algo: la selección uruguaya de fútbol se había clasificado por fin para jugar el último campeonato mundial de fútbol.

Colonia

Alejandro Balbi, quizá movido por las circunstancias, o por el reverso de las circunstancias, recuerda de pronto que él es o ha sido un sociólogo. No sabe qué hacer con este recuerdo que no es concreto sino difuso e impalpable, como una nubecita del humo de los cigarrillos que fuma Juana García, y contempla el cuerpo de Luque en el cajón de madera oscura y brillante con herrajes dorados, contempla su vientre hinchado y su rostro con el previsible color de la cera: está mal afeitado, tiene ojeras blandas y arrugadas, los párpados cerrados en varios pliegues de piel que caen sobre sí mismos, y piensa, Balbi, en la muerte de un perro y se acerca de esta manera, sin saberlo, a las ideas del celador, que siempre ha creído que su jefe parecía un perro, uno de esos perros con caras de dormidos, como un Labrador, un San Bernardo, o un perro cualquiera.

Balbi trata de recordar todo lo que sabe de Luque. En seguida admite que es muy poco, casi nada, apenas un puñado de datos, de chismes, y de imágenes groseras o morbosas que se presentan como tal no porque en verdad lo hayan sido sino porque la vida de Luque no alcanzó una dimensión capaz de hacer de esas mismas imágenes otra cosa, algo significativo o consistente, y no apenas una suma de arbitrariedades tolerables, excesos identificados con el cumplimiento de una misión, hosquedad de un hombre encerrado en sí mismo y entregado a cierta intolerancia doméstica, una suma, en fin, como cualquier otra, en el fondo inofensiva, cuando se trata de resistir el acoso de los fantasmas de la vida, la derrota espiritual y la corrupción de todas las cosas. Sin embargo no será ésa la imagen más difundida que quede de él. Dos o tres internos y tal vez media docena de vecinos que alguna vez lo conocieron más de cerca se encontrarán posiblemente entre los únicos que no incluyan al director del Instituto en la memoria de los negligentes y los perversos. Pero no habrá piedad para Luque.

El interno Suárez, Juana García, Sofía Garay y Alejandro Balbi salen de la casa funeraria, o de la empresa de pompas fúnebres, poco después de las once de la mañana, cruzan una plaza, atraviesan el casco antiguo de la ciudad, toman una limonada sentados a una mesa en un barcito frente a otra plaza dominada por gomeros y árboles con flores rojas, contemplan los restos de la muralla de la antigua fortificación portuguesa, ven el río en el fondo de una calle de piedras gruesas que baja hacia la Costanera, y por fin regresan a la Colonia. Pero un poco antes, en la mesa del bar, el interno Suárez dice que su comentario puede parecer trivial pero que a él la muerte de Luque lo agarró de sorpresa, "Es", dice, "una muerte inesperada". Juana García repone que para ella es una muerte injusta. Se produce entre los cuatro un silencio. Se miran fugazmente como si no se conocieran. Y por fin la mujer viuda dice que para ella la muerte del director del Instituto es una muerte innecesaria. "Para mí", dice Sofía Garay, "es una muerte innecesaria".

Colonia

Una semana más tarde, poco después de comer un asado, en la noche ya casi fría de la incipiente primavera, Juana García termina de fumar un cigarrillo y le pide al interno Balbi que la acompañe hasta su dependencia. Se lo pide, dice, porque tiene miedo. Estas palabras quedarán grabadas durante mucho tiempo en la conciencia de Balbi: *Tengo miedo*. Ella enciende la luz de un velador con una pantalla de papel encerado. La luz es suave. Balbi ve unas bolsas de plástico en un rincón. Juana García, mientras se desprende el vestido, se sobresalta. En seguida cuelga el vestido en una especie de placard sin puertas cubierto con una cortina corrediza de tela y despliega sobre una silla el guardapolvo que se pondrá el día siguiente, el mismo guardapolvo, piensa Balbi, que tenía puesto el día en que él la vio por primera vez. Sus largas piernas delgadas se mueven con flexibilidad y una ligera torpeza que Balbi atribuye al nerviosismo y a la condición de rara o nueva de esa escena en la que ella ha comenzado a desvestirse frente a él, acomoda sus cosas, sabe que él la mira, le mira el cuerpo todavía cubierto en parte con una camiseta sin mangas, un slip celeste y un par de zapatillas chinas como las que a veces usa Sofía Garay.

–Mañana tengo que limpiar –dice Juana García.

–¿Por qué?

–Eso es lo que yo hago.

–Usted no está en el Instituto para limpiar nada.

–Eso es lo que me corresponde.

Ella destapa la cama, se sienta, se quita las zapatillas, estira las manos y dice:

–Venga, Balbi. Venga conmigo.

Él se ve en un espejito que hay en la pared: se lava las manos y la cara con agua fría, se seca con una toalla verde y cuando se incorpora se ve en el espejito. A sus espaldas, en un rincón, Balbi ve también dos o tres bolsas de basura; enciende un cigarrillo; se saca la camisa; se recuesta en la cama con un cenicero a mano. Juana García busca lugar para su cabeza en uno de los hombros de Balbi, le apoya con suavidad una mano en el pecho y dice primero:

–Están llenas de tierra, papeles, hojas secas. No hay restos de comida ni cigarrillos. No hay nada de olor. Mañana las saco a la calle.

–No, no hay olor –dice Balbi; fuma; y se da cuenta de que por primera vez en mucho tiempo el sexo se le endurece.

Ella dice después:

–Tengo miedo.

Y llora, llora sin consuelo.

Dicen que anoche, en El Colonial, mientras jugaba al billar con Jaime Llamas, la gente se le fue acercando. Él se hacía el distraído pero al rato había seis o siete hombres alrededor de la mesa. Nervioso, cuentan, erró una carambola fácil. Entonces se incorporó, le puso tiza al taco, y se quedó esperando la seguidilla de Llamas. Un paisano que vive de lo que puede, un tal Valdez que tiene una casita a la altura del kilómetro 17 de la ruta que va a Carmelo, dicen que fue el primero:

–Y se murió, nomás, el tipo –dijo.

Amadeo Cantón despegó la mirada del taco con el que Llamas, ahora, medía la distancia y la fuerza con que le pegaría a su bola y la depositó en los ojos de Valdez. Pero se dio cuenta, el celador, de que el paisano no tenía mala intención: hablaba por hablar, hablaba porque alguien tenía que decir algo, hablaba porque él bajaba a la ciudad sólo de vez en cuando, porque no tenía compromisos con nadie, y porque algo tendría que contarle a su mujer al día siguiente.

–Fue un golpe duro –dijo Amadeo Cantón–. De repente. Se murió de repente. La vida es así. Era un hombre joven.

Cuando Llamas se cansó de sumar puntos quiso culminar con una carambola a dos bandas: pero era difícil. Entonces el celador caminó alrededor de la mesa, rumbo a su bola de marfil, y se inclinó. Apoyó la mano izquierda sobre el borde de madera, hizo ir y venir el taco entre los dedos, bien empuñado con la derecha, y parecía que ya le pegaba cuando escuchó:

–Yo no sé si era joven o si era viejo. No me importa... Yo lo único que sé es que Luque era un hijo de puta.

Primero descartó, Amadeo Cantón, que se tratara de un insulto para él. Después resolvió no preguntarse qué quería decir Guzmán, un flaco argentino que a veces aparecía en El Colonial para jugar al billar con sus amigos argentinos. Si no vivían de los argentinos, ellos, ¿de qué vivían? Así que listo. No abrió más la boca el celador. Perdió con Jaime Llamas, pagó, y se fue.

Antes de volver al Instituto, cuenta el interno Suárez, el celador pasó por el Maldonado. Pidió una grapa, en la barra, encendió uno de sus cigarritos oscuros, y se pasó un dedo por la coronilla casi despoblada. Desde que él llegó, en el bar se habló de cualquier cosa. Nadie le dijo nada. Ni siquiera un rufián que hace trabajar a dos chicas en un dancing de mala muerte y que nunca ha ocultado su desprecio por Luque y sus ganas de cojerse a Beatriz Rossi, la reina del carnaval de 1993 –corrige hace poco ella–, encaró a Amadeo Cantón. Pero hasta el mismo momento en que se abrió la puerta del Maldonado y la figura de Cantón se hizo presente todos habían hablado de lo mismo. Se había dicho que el celador no se atrevía a mudarse de inmediato al departamento destinado a vivienda del director de la Colonia pero que estaba convencido de que el lugar le correspondía sin lugar a dudas. Amadeo Cantón sostiene, cuenta el interno Suárez, que él cree que no hay que ser médico para dirigir la Casa… También se había dicho que la mujer del celador se le había rebelado, que había abortado en secreto su tercer embarazo, y que le había exigido al marido que no les diese un peso más a sus amantes. El comentario se había demorado entonces en el detalle de que la mujer no le había exigido que abandonase a sus amantes sino que no les diese más dinero porque ella, ella y sus hijos, vivían casi en la indigencia y sin otra cosa para comer que no fuesen papas y arroz. Pero en seguida se había retomado el hilo de los rumores, cuenta Suárez, y se había recordado que Amadeo Cantón había vivido esperando el momento de hacerse bañar por las empleadas del Instituto o por las internas, tal como lo había hecho Luque, su jefe, en los últimos años. Entonces el rufián que tenía puestos los ojos en Beatriz Rossi había dicho que sin salir en defensa del celador a él también le gustaría que le sobasen los huevos en el agua. Beatriz Rossi, por su parte, había dicho que no le cabía en la cabeza cómo una mujer, incluso una cualquiera, podía dejarse tocar por un sarnoso semejante, y poco después se había ido porque era la hora en que el gerente volvía del banco. Y el rufián había

Colonia

dicho, cuando ella salió, que tanta belicosidad sólo se explicaba, para él, por el hecho de que esa mujer, a pesar de su posición y de sus ínfulas, a lo mejor necesitaba un hombre, un hombre de verdad, como todas las mujeres, aunque ese hombre no fuese necesariamente el celador del Instituto. Los últimos comentarios, poco antes de que Amadeo Cantón se hiciese presente en el bar, habían sido dedicados a la reacción en la que estallaría Beatriz Rossi si se enteraba de lo que se había dicho de ella. Pero el celador no pescó nada de todo esto, cuenta el interno Suárez, y cuando Luis Pacheco, un empleado de la aduana del puerto, se le acercó y le preguntó cómo andaba el celador había dicho:

–La verdad es que fue un golpe muy duro.

5
El mal

Todo lo que un hombre hace para descifrar lo que una mujer, en la circunstancia que sea, espera de él, y aun cuando en ocasiones acierte, es apenas una respuesta tentativa, exploratoria, que se mueve a ciegas en un territorio incógnito. El deseo de una mujer es la articulación de un silencio, un laberinto, una escritura sin traducción, una esencia sin nombre, una idea previa o posterior a la idea. Sin embargo, piensa Balbi, él sabe que está enamorado de su mujer.

Julia Conte, la mujer de Balbi, es de una extrema timidez. Su éxito social y sus progresos profesionales son objetivos que ella se ha propuesto realizar y sostener, que necesita y desea, pero que le son útiles, antes que nada, para enmascarar una timidez incurable que la deja –cuando el ruido del mundo se apaga, o la deja en paz, según sus palabras– en un punto de retracción o ensimismamiento del que a veces, piensa ella, no encontrará el regreso. Y sólo se repone si Balbi, por ejemplo, acierta con las palabras adecuadas, que son sólo esas que ella ciegamente anhela oír; o con los gestos y los actos apropiados, es decir, los que Julia Conte no revelará pero que espera en la intimidad como se espera algo que se cree perdido, quizá imposible, o, peor, inexistente. Sea como sea, Alejandro Balbi sabe que está enamorado de su mujer desde que la vio por primera vez. Pero el día en que con mayor certeza Balbi se da cuenta de que está enamorado de Julia Conte para siempre es el día en que descubre que ella tiene un amante.

El amor, piensa Balbi, es una materia tan volátil o abstracta como concreta, tan imposible de explicar como fácil de reducir a un puñado de metáforas sin sentido.

Poco después de las once de la mañana vuelven del velatorio de Luque y, antes de sentarse en la terraza de un bar para tomar una limonada frente a los restos de la muralla de la antigua fortificación portuguesa, Balbi se detiene en una librería y compra un par de cuadernos y un libro. Cuando sale otra vez a la calle, Sofía Garay, Juana García y el interno Suárez hojean el libro. Uno por uno, sin decir nada, sin preguntar nada, miran la tapa y la contratapa, hacen pasar las páginas, se detienen al azar, leen alguna frase moviendo los labios, como si la leyeran en voz baja, y por fin le devuelven el libro a Balbi. Él tampoco dice nada.

El hombre y la mujer son básicamente incompatibles, escribe Balbi en un cuaderno. Después copia una frase de la página 107 del libro que compra el día siguiente a la muerte de Luque:

Colonia

11.X.01
Lo que voy a escribir no lo creerá nadie.

El libro se llama *La reina Albemarla o el último turista*, y reúne fragmentos de un diario escrito en 1951 por Jean-Paul Sartre durante un viaje por Italia con escalas en Nápoles, Roma y Venecia.

En el Instituto, hasta la muerte de Luque, trabajan catorce personas distribuidas en seis áreas. Un administrador y un empleado contable se desempeñan en Contaduría, donde se elaboran los presupuestos anuales y se asignan los escasos recursos del establecimiento que la administración transfiere sin calendarios fijos y, es obvio, sin tener en cuenta los presupuestos que se le elevan; un jefe, llamado Liborio, y dos ayudantes componen el personal de Intendencia, encargada de la distribución de provisiones tanto para los internos como para las diversas áreas de la Casa y su personal; en la Cocina prestan sus servicios un chef de incierta procedencia caribeña y dos mulatas hermanas nacidas en Carmelo que sobrellevan con paciencia las arbitrariedades del cocinero, un hombre de pocas palabras y magras ideas, si bien resulta aceptable su programación semanal de comidas y el sentido común de sus recetas que deben ajustarse, como todo, a los vaivenes presupuestarios; un encargado y un operario de Carbonería, sector del cual dependen las calderas y el abastecimiento del combustible para su uso doméstico; dos enfermeros, un hombre y una mujer llamada Raquel, que cumplen en estos días con la responsabilidad del Servicio de Salud sin más instrucciones que la experiencia obtenida bajo las órdenes del doctor Fantini, último titular del Servicio y muerto hace ya tres años; un director general del Instituto, recientemente desaparecido, y un asistente de dirección, a quien no se sabe bien por qué se ha llamado siempre *celador* y cuyas atribuciones son tan poco específicas o ambiguas como ilimitadas.

La oficina de admisión, la secretaría de deportes y el gimnasio (que incluye una piscina cubierta y abandonada), la oficina de actividades culturales y recreativas (que tuvo a su cargo la biblioteca de la Casa y una pequeña sala de cine), y la oficina de personal, están clausuradas desde 1986.

La convivencia de las catorce personas que en los últimos tiempos trabajan en la Colonia con los internos es normal y queda casi siempre reducida a una atención básica o de rutina.

Con excepción de la vivienda del director de la Casa, el personal tiene sus habitaciones en dependencias situadas en el segundo patio, es decir, el que se ve mirando hacia el oeste desde el interior de la Cantina.

Las últimas palabras de Luque dedicadas a Balbi se las dijo al celador. Amadeo Cantón no le hace saber de inmediato a Balbi esas palabras, pero lo hará. Desprolijo, inadecuado, cuando sepa que el poder ya no se le escapará de las manos creerá que habrá llegado la hora de poner al interno Balbi en su lugar, el momento de degradarlo en público con rigor y sin escrúpulos. Entonces le hará saber que las últimas palabras que el ex director del Instituto dijo sobre él fueron que no estaba en sus cabales. Y le dirá también que Luque no dijo eso de él cuando descubrió las insensateces que escribía en sus cuadernos sino después de preguntarle un día, en la dependencia número 15, si Balbi tenía noticias de que la interna que ocupa la dependencia número 23, la mujer llamada Sofía Garay, había sido asaltada una noche por el interno Walter Ramos, a quien todo el mundo conocía como el Gitano, y Balbi le había dicho que no, que a él no le constaba. Ese testimonio, a todas luces falso, pero sobre todo falso sin motivo, no había hecho más que confirmarle a Luque que Balbi estaba *fuera de quicio*. Y eso le dirá el celador a Balbi, más adelante, como si él hubiese puesto esas palabras en la cabeza y en la boca de su jefe.

No quiero hablar de esto, escribe Balbi, pero sé que me he dedicado al estudio de las emociones y del envejecimiento, y siento pena y vergüenza por mí mismo. Un hombre es lo que es sobre todo en sus humillaciones... Mis amigos, acá, imaginan que yo he sido feliz. No tienen por qué enterarse de que no quiero saber nada de ese pasaje de mi vida que fueron los años en que creí haber tocado el cielo con las manos. Nadie es más que una ilusión, y yo no era más que el aliento de Julia sosteniéndome en pie. Por supuesto, no sería capaz de contarle algo así al interno

Suárez, ni a Sofía Garay... A Juana García sí. Ella es el cuerpo de la desolación y la virtuosa debilidad del secreto. Su vergüenza es implacable porque no tiene fin. Yo todavía creo, con una desesperación infantil, que debe existir a pesar de todo una vida oculta y posible.

Pero no volveré a la sociología. Ya no me interesa el estudio de las emociones, la teoría del envejecimiento, y toda esa sarta de tanteos en el vacío... Desprecio también la neurofilosofía, la idea de que el alma existe y que reside en no sé qué canales del cerebro. Aborrezco las investigaciones interdisciplinarias, detesto la arrogancia de las ciencias, niego que nada que tenga que ver con un sentimiento pueda ser motivo de una fórmula física, química o matemática... Amo un mundo lleno de misterios, de preguntas sin respuestas, de problemas sin solución, porque esa ignorancia es la que nos mantiene vivos, audaces y enamorados.

Balbi escribe en uno de los dos cuadernos que compró cuando, después del velatorio de Luque, regresaba al Instituto. Antes de llegar se había sentado a la mesa de un barcito, frente a la muralla, y contempló las ramas bajas, las hojas color violeta de los árboles y el cielo despejado. Bebió su limonada, y fumó, y pensó en su mujer, y pensó en el amante de su mujer. A su lado, en la mesa, Juana García, Sofía Garay y el interno Suárez hablaban de Luque, o, más concretamente, de la muerte de Luque...

Antes de volver a escribir, Balbi repasa los cuadernos que llenó durante los primeros meses que pasó en la Casa. Más allá de dos o tres ideas, nada de lo que lee le gusta, lo tranquiliza o le parece razonable. Por eso decide destruir esos cuadernos. El primero que rompe es el que está lleno de una misma frase:

La vida es el recuerdo de la vida.

Balbi está sentado a la mesa rectangular de su dependencia y escribe en su nuevo cuaderno con la misma pluma con que ha escrito siempre. La idea de que la vida es el recuerdo de la vida le parece, en verdad, por lo menos aceptable. Podría escribir algo más, incluso, a partir de esa frase. Por eso vuelve a escribir en el nuevo cuaderno:

15.X.01
La vida es el recuerdo de la vida. (13.VII.01)

Ahora Balbi mira por la ventana de su dependencia y ve que la tarde se prolonga en la primavera, que el viento mueve las hojas y las flores amarillas de los tilos en el patio y, más arriba, sacude las copas de las palmeras. Ya no hay sol pero la luz es transparente y añil, un añil suave, diluido en la humedad y en el temblor del aire. Juana García cruza el patio. Un interno del que Balbi no sabe nada lee un diario sentado en uno de los bancos. En las ventanas de la Cantina se ve que las luces ya están encendidas.

Balbi se pone un saco de corderoy y sale al patio. No lo cruza en diagonal. Camina bajo las galerías y recuerda el paso de Luque por las mismas galerías, su jadeo de obeso, su cuerpo desmedido: un gigante encorvado, con la respiración alterada, llenando la galería, y atrás la figura quebradiza y melancólica del celador: éste es quizá el último recuerdo que Balbi tendrá ya definitivamente de Luque. El celador, por su parte, nunca podrá olvidar la visión del cuerpo desnudo de su jefe, una masa lábil –piensa– hundiéndose en el agua caliente de la tina, y las manos de la mujer viuda frotándole la espalda con una esponja. Amadeo Cantón piensa también en el cuerpo vibrante de la mujer viuda dándole forma a una bata de mangas largas, una bata desteñida que no le cubre las rodillas, una bata con un escote redondo que deja ver tanto las piernas atléticas de Sofía Garay como la forma llena y suelta de sus pechos en el vestido. La mujer viuda usa un par de zapatillas chinas que se le salpican con el agua de la tina donde se baña Luque, pero a ella no le importa. Cuando hace calor y el vapor del agua caliente la hace sudar ella se seca la frente con los brazos y las mangas del vestido y se saca los mechones de pelo rubio oscuro que le caen hacia la cara. La mujer viuda tiene cuarenta y tres años, le gusta –todas las noches–, antes de irse a dormir, tomar un par de copitas de ginebra y fumar. A veces se mira las manos, se toca las asperezas de las manos, tal como las llamaba Luque, y se deja asediar, apenas por un instante, por aquellas cosas de las cuales ha resuelto no hablar más en su vida. Por eso el celador no sabrá nunca por qué Sofía Garay tiene esas callosidades en las manos que su jefe define como asperezas y que le hacen confesar, a Luque, que es por eso, exactamente, que las manos de la interna de la dependencia número 23 le recuerdan las manos de su madre cuando era joven. Tampoco sabrá nunca el celador –y no lo sabrá nadie– por qué a Sofía Garay se la llama en el Instituto la mujer viuda.

El interno Balbi llega por fin a la Cantina y encuentra en una mesa a Juana García.

–Pensé –le dice– que estaba en la Carbonería.

–Fui –dice Juana García–. Y me encontré con el Rechazado. Hace mucho que no le llevo nada al pobre animal, pero le tengo miedo a ese hombre. Hoy lo molestaba al gato y el gato le tiraba las uñas y le mostraba los dientes... El Rechazado no le tiene miedo a nada. Voy a volver más tarde...

Balbi la invita y Juana García toma una taza de chocolate.

A las siete y media pasan por la Carbonería. Ya no hay nadie. Desde la puerta, en la oscuridad, ella suelta una presa para el gato y cierra.

Después, sin hablar, se dirigen a la dependencia número 11.

Juana García cierra con llave y Balbi le agarra la muñeca del brazo derecho. Ella, como si no lo conociera, lo mira con pánico y se cubre el rostro con el brazo y con la mano libre. Balbi se le acerca, le besa el cuello, le toca los muslos y la entrepierna por abajo del guardapolvo. Juana García gime, tiene miedo, pero quiere complacer a ese hombre que siempre es cordial con ella. Él la besa. La boca de Juana García tiene gusto a chocolate. Ella se deja tocar los pechos y de una manera inesperada se excita: el miedo y el sexo del hombre la excitan. Balbi se hace tocar el sexo por Juana García y Juana García, sin oponerse, pero también movida por un impulso, o por un reflejo, se deja sacar el guardapolvo, deja que Balbi le acaricie todo el cuerpo, sobre la camiseta verde y el slip azul, por debajo de la camiseta y del slip, se deja besar en la boca y morder los pechos, y en seguida se desliza hacia el suelo, queda de rodillas, le abre el pantalón a Balbi y se lleva su sexo a la boca. Balbi le sujeta la cabeza con las dos manos, suavemente, le acaricia el pelo corto, la nuca, le hunde uno o dos dedos entre los labios, le toca la lengua, los dientes, y por fin conduce la succión de la boca de Juana

García hacia un movimiento constante y profundo, de manera tal que todo su sexo se hunde en la boca, y sale, y vuelve a entrar, y así.

Un buen día el celador resuelve algunas cosas: de la noche a la mañana se separa de su mujer (porque le resulta intolerable –dice– que ella haya abortado su tercer embarazo sin consultarlo) y le fija una cuota alimentaria mínima, *ridícula* –deslizan algunos de sus compañeros de trabajo–; después deja definitivamente a una de sus amantes; se instala a continuación en la casa de la otra, una joven desleída, con un carácter vulnerable pero dueña, a pesar de sus rasgos marcados por la brutalidad o el retraso, de un cuerpo que casi todas las mujeres de Colonia le envidian; esta mujer se llama, como la ex mujer de Amadeo Cantón, Blanca; y por último, allí donde le faltaba un diente, el celador se pone un diente de acrílico: esta reparación tiene un efecto considerable: el hombre parece otro; por ejemplo, se le notan menos las marcas de viruela en la cara, quizá porque las miradas de todos se concentran ahora en su boca restaurada.

17.X.01
¿Cuándo fue la última vez que vi a mi padre?

Colonia

El gato me araña me clava las uñas me araña nadie dice nada la mujer sin nombre me mira desde la puerta su comida para el gato ella trae como siempre pero mira y no entra todas las mujeres son iguales ella vive en una dependencia sin número no lo entiendo no sé por qué esta chica vela su anonimato como si fuera la virginidad no sé por qué dicen que cuando ya era chica el marido de la madre le rompió siempre el culo roto bien se lo rompía parece le pegaba le hacía saltar sangre de la nariz o de la boca pobrecita cuando tenía qué sé yo doce o trece años y a continuación le bajaba la bombacha le mojaba el culo con aceite de cocina y se lo rompía por eso quedan así las mujeres y llegan acá y no tienen nombre no tienen cabeza se olvidan de las cosas y empiezan a cojer entre mujeres como el gato que me muerde hijo de puta y que se deja cojer por otro gato la chica ésta también se deja cojer por la mujer viuda que es una de las mujeres más importantes de la Colonia porque es la que mejor coje acá las mujeres ya no saben cojer los gatos cojen los caballos cojen el Gitano coje Luque no coje Luque se hace la paja porque colecciona junta saca mira fotos pornográficas casi nunca se le para un poco y se manosea y se hace pajas blandas pero grandes pajas que dejan fuertes charcos de leche en el suelo para que los gatos van después y lamen se comen la leche de Luque qué asco digo lo digo yo que no tengo asco que como mierda que chupo conchas de burras y me cojo perros, dice Galván, el Rechazado.

La idea de Balbi de que debería ser posible establecer relaciones *actuales*, es decir relaciones o vínculos que no requieran de las historias personales como antecedente o fundamento de la construcción de una nueva amistad o de un compromiso sentimental o amoroso a todos les resulta más o menos convincente, quizá porque ninguno de ellos desea hoy verse en la necesidad de derrumbarse en un relato detallado de los pormenores de su vida. El interno Suárez no tiene objeción alguna. Pero Sofía Garay es la que se pregunta si eso es verdaderamente posible, si lo que se fue en el pasado no hace, condiciona o determina lo que uno es en el presente. Alejandro Balbi no dice nada. Es probable que no sepa qué decir. Cree en esa idea suya como en algo cierto que no ha sido bien demostrado. Y la interrogación que planta en medio de la cuestión la mujer viuda no puede eludirse como se eluden los obstáculos mínimos o invisibles. Si yo maté una mosca en 1969, se dice Balbi, no puedo presentarme hoy como si no lo hubiese hecho. Balbi tiene la intuición de que hay algo nuevo y positivo en su idea, pero no puede defenderla.

Por eso encoge los hombros, Balbi, enciende un cigarrillo y mira en la noche el reflejo de las luces de Buenos Aires en la bóveda del cielo sobre el río.

—Es posible que no sea una posición correcta —dice después.

—La mejor posición —dice de pronto Juana García— es la posición menos pensada.

Colonia

19.XI.01

Con la rara iluminación de las tautologías, Godard escribió para el título de una película que dirigió en 1961 una definición imborrable:

"Une femme est une femme".

En su país, dice la radio, hay saqueos. La gente asalta supermercados, negocios, cajeros automáticos, y se enfrenta con la policía. Esta tarde mataron a un chico, en una diagonal, cerca de la Plaza de Mayo. Tenía 21 años, dice Sofía Garay, ese chico. También escuché que se ven incendios... La gente quema bancos, McDonald's, y muñecos con las caras del presidente y del ministro de economía...

Balbi se saca los anteojos. Se frota suavemente, con dos dedos, los lagrimales y vuelve a mirar a la mujer. Están solos en la dependencia de Sofía Garay. El interno Suárez ha salido para comprar dos pasajes en micro a Montevideo. Juana García no se ha dejado ver en todo el día. Quizá ella también haya salido. A veces se le ocurre ir a la casa de su madre. La casa está deshabitada, pero todo se mantiene allí como si la madre de Juana García no hubiera muerto y como si ella misma, todavía, viviese en esa casa.

–¿Qué pasa en su país? –le pregunta Sofia Garay a Balbi.

Él vuelve a ponerse lo anteojos y enciende un cigarrillo.

–Dejé de fumar hace diez años –dice–. Y volví a fumar hace unos meses. Me hace mal. Tengo hormigueos en las manos y a veces me duelen las piernas. Es la circulación…

–¿Cómo es posible? –le pregunta la mujer.

Balbi no ha dejado de mirarla. Casi nadie sabe que ella tiene una radio. Es un secreto bien guardado.

–No lo sé –dice Balbi–. Supongo que es el fin de una época. La crisis de un orden que ya no podía sostenerse. Pero no es una revolución. Es una catástrofe.

Sofía Garay desliza su mano derecha sobre la palma de la mano izquierda. Tiene una parte del pelo rubio, ceniciento, recogida, y una parte suelta. Ella es una mezcla característica del Río de la Plata: hija de un trabajador uruguayo y de una inmigrante del norte de Italia.

–Entonces, ¿por qué fuma? –le pregunta.

–Es más fuerte que yo.

–Todo es más fuerte que uno. La resistencia de los vencidos es más fuerte que el poder de los que ganan la guerra. La crisis de un sistema es más fuerte que el sistema.

–Sí –dice Balbi–. A veces sí.

Balbi vio a su mujer por primera vez en un seminario. Era una mañana de julio, en Buenos Aires, y se reunía la comisión encargada de elaborar un borrador de las conclusiones a las que se había llegado. La comisión estaba compuesta por seis especialistas: dos americanos, dos franceses y dos argentinos. El seminario se había desarrollado a lo largo de tres días en una clínica de alta tecnología en la zona norte de la ciudad. Desde los ventanales de la sala en que se había reunido la comisión se veía el río. Era una mañana soleada, transparente, y en el horizonte, a cincuenta kilómetros, la silueta baja de la ciudad de Colonia se dibujaba y se desdibujaba con la reverberación del agua. Un médico francés y una psicóloga americana contemplaban, de pie junto a los ventanales, esa imagen. Desde un piso alto, en un edificio de la zona norte de Buenos Aires, se ve el Uruguay. El otro médico francés y un neurólogo americano, sentados a la mesa de trabajo, daban la impresión de contar todavía con algún motivo para llegar a cualquier clase de conclusión. A Julia Conte le irritaba el desinterés relativo de sus compañeros de trabajo pero nada en ella delataba esa irritación. Sin embargo, Balbi, que la veía por primera vez, puesto que en las sesiones del seminario le había tocado trabajar en cualquier otro grupo menos en los integrados por Julia Conte, descubrió de inmediato su incomodidad. Ella se había sentado de espaldas al río, de modo que la luz la dibujaba como un contraste y sólo si uno estaba sentado a su derecha o a su izquierda, pero no frente a ella, podía ver su rostro delicado, su boca bien pintada con un tono apenas más alto que el de sus propios labios, los codos apoyados en la mesa, las manos cruzadas en alto y la barbilla apoyada sobre las manos. Julia Conte era ligeramente estrábica y usaba anteojos para leer. En su pelo negro, corto y lacio había unas hebras blancas.

Alejandro Balbi, recostado en su sillón, con un lápiz en una mano y con la otra colgando del respaldo, esperaba que ella *hiciera algo*, puesto que la responsabilidad del trabajo de la comisión era suya. Pero él también sabía ya que en esa pose, o en ese gesto, o en esa decisión inalterable

Julia Conte sepultaba las formas rabiosas de su timidez. Por eso Balbi, finalmente, se incorporó, descolgó el saco de corderoy del respaldo del sillón y se lo puso sobre el polo negro de mangas largas. Se alejó unos pasos y le preguntó si quería que le trajese un café. Ella tenía las piernas cruzadas hacia un costado. Eran piernas largas, cubiertas con medias oscuras. Usaba un tailleur verde musgo, una camisa color habano y zapatos marrones. Ella le dio las gracias y le dijo que iría a buscar un café con él. Por eso salieron juntos de la sala y fueron por un par de pasillos hasta una máquina.

Pero Balbi supo desde ese día, y lo sabe hoy, que a pesar del atractivo hipnótico de Julia Conte él no se enamoró de su mujer, en primer lugar, ni por su inteligencia ni por su belleza. Balbi se enamoró para siempre de la timidez de Julia Conte oculta como la esencia de lo inconquistable bajo las máscaras de la inteligencia o de la trivialidad.

Balbi sabe que él no se enamoró de Julia Conte sino de una mujer que se dejaba ver con los atributos de Julia Conte. Y sabe que ella no se hubiera enamorado de él si él se hubiera enamorado de Julia Conte.

Este encuentro tuvo lugar en el invierno de 1993. Pocos meses después Julia Conte y Alejandro Balbi se casaron. Fue decisivo que él hubiese advertido de inmediato que ella no era lo que se veía sino un espejismo, como el perfil sinuoso de una ciudad, por ejemplo, que está del otro lado del río.

Este recuerdo mortifica a Balbi como la médula inalterable y letal de la ignorancia. Él sabe que nadie es lo que es, ni lo que dice ser, ni lo que cree que quiere ser.

Colonia

En los días y en las semanas que siguen a la muerte de Luque la vida en el Instituto transcurre bajo las formas más o menos habituales y turbiamente bordeada por un sentimiento de orfandad. Toda comunidad se conmueve ante la desaparición de lo que se teme o se aborrece. El alivio es un correlato de la pérdida y la emancipación una consecuencia, un efecto por añadidura cuando todo, en rigor, queda librado al azar.

Nadie sabe a ciencia cierta qué destino les espera, ni los internos ni los empleados, y el cumplimiento de las rutinas con más eficacia que nunca es el instrumento que sostiene la ilusión de que la vida continúa.

El celador, con sus cambios a cuestas, entra y sale de la Casa con ínfulas enigmáticas y sin dar razones. El empleado de Contaduría dice que Amadeo Cantón ha elevado un informe a la administración en el que da cuenta detallada de los hechos y en el que se postula, si se lo estima legítimo, para ejercer la dirección del Instituto. Pero no es mucho más que una versión o un trascendido y nadie está convencido de que el celador pueda conseguir su objetivo.

De esta manera se llega a los primeros días del verano, en el mes de diciembre del año 2001, y mientras las noticias que llegan de Buenos Aires son cada día peores, mientras el llamado *efecto Tango* –suerte de neologismo económico con el que se denomina la posibilidad de contagio de la crisis de un país a otros– comienza a hacerse palpable en el sistema financiero de Uruguay, y mientras Balbi cuenta las semanas que le faltan para cumplir seis meses desde que llegó a la Casa, el interno Suárez y Sofía Garay deciden hacer un viaje a Montevideo. Serán tres días, un fin de semana, porque les consta que sábados y domingos, desde la muerte de Luque, el celador no aparece por el Instituto. Será una distracción, dice Sofía Garay, y aparte Suárez aprovecha y hace un par de trámites que viene postergando desde no sé cuándo.

Balbi piensa entonces, por su parte, que ignora si de ahora en más habrá cuadernos en la Intendencia, paquetes de carbón en la Carbonería, guiso de lentejas en la Cantina, broncodilatadores en la enfermería... Balbi recuerda el fantasma de Luque caminado por los patios y siente, de pronto, el miedo que sentía en las primeras semanas, un miedo aislado y real que se le adhiere al corazón.

Un día el celador descubre a Juana García en la calle con tres bolsas de basura. Ella le dice que son bolsas de plástico llenas de cosas que no sirven para nada. Amadeo Cantón sabe que se trata de bolsas de poliuretano, pero no se lo dice. En cambio le ordena que regrese con sus bolsas de inmediato al Instituto. Después instruye al personal de la Cantina para que a la interna de la dependencia número 11 no se le sirvan postres durante cinco días. Una de las mulatas que atiende a los internos en la

Cantina dice que de todos los cambios que ha hecho el que lo tiene más contento, al celador, es su flamante diente de acrílico.

21.XI.01
¿Qué hacer con la verdad?

6

Historia del padre

Mi padre está sobre una cama de hierro con manivelas para subir o bajar la altura del colchón y para reclinar más o menos el respaldo. Es una cama de hospital. Mi padre está cubierto con una sábana y tiene la cabeza recostada sobre un par de almohadas. Hace calor. Mi padre tiene 75 años. ¿Es un hombre viejo? ¿Parece viejo? Siempre, creo, ha sido simpático, de modo que no debe hacer un esfuerzo para sonreír cuando me ve como si se hubiese emocionado. Yo sé que todo es falso, o que tratándose de él no se puede creer en nada. Es imposible saber qué siente, qué piensa, quién es. Pero ahí está, convertido en pura realidad: un cuerpo enfermo en el que la cirugía, mañana o pasado, hará su trabajo. En estos casos, y en otros, el trabajo de la cirugía es un trabajo traumático, sangriento e inútil. Los médicos sostienen sin embargo que conviene *intentarlo*. El médico, es claro, no intenta nada. En un cáncer de próstata el médico extirpa siempre el mismo tumor, de menor o mayor tamaño y alojado siempre en el mismo lugar. Si el diagnóstico no ha sido precoz la cirugía –los médicos y todos nosotros lo sabemos– no sirve de mucho y *no* conviene, siempre, intentarla. El tiempo que se gana de vida, o que se le gana a la muerte, no compensa ni la angustia ni los dolores del enfermo. Lo único que conviene intentar en una enfermedad terminal es abreviar drásticamente el camino hacia la muerte. Un ser humano tiene todo el derecho del mundo a morir como un ser humano, dueño de su dignidad, de sus decisiones y de su vida. Puesto que no la ha pedido, puesto que no es producto de su deseo, y puesto que se ha visto en la necesidad de hacer algo, sea lo que sea lo que haya hecho con esa vida que le han endilgado, le asiste el derecho de decidir cuándo ya no está dispuesto a seguir adelante, sano, enfermo, joven, viejo o en el estado en que se encuentre el día en que no tenga ni fuerzas para ponerse en pie ni el entusiasmo, la alegría o el optimismo necesarios para enfrentarse con esa calamidad que llamamos de una manera cínica o irónica *vida cotidiana*, como si existiese alguna otra vida que no fuese esa mierda que es la vida cotidiana. Este derecho a decidir el fin de la vida debería incorporarse a la declaración universal de los derechos humanos y su respeto debería estar garantizado con la misma naturalidad con que se pretende garantizar el derecho a la vida. Pero, decía, en 1994, o en 1995, no lo recuerdo bien, ahí estaba: el cuerpo de mi padre convertido para mí en algo real. Es una habitación pequeña y gracias a eso mi padre está solo en la habitación, no la comparte con otro enfermo. Una cuñada de mi padre aprovecha mi visita y sale a fumar al pasillo con una amiga. No hay nadie más ahí a esta hora de la tarde. Es una tarde demasiado luminosa, hundida en un calor ominoso, y el olor a excrementos, a cuerpos en descomposición, a medicamentos pestilentes, a restos de comida, el olor a orina de gatos que entra por la ventana desde un patio interior y el olor a flores podridas es el olor que quedará grabado en mi memoria como el olor del hospital donde fui a ver a mi padre poco antes de su muerte. No recuerdo bien si fue a finales de 1994 o a principios de 1995. Tampoco tiene demasiada importancia. Mi padre murió en el invierno de 1995, sin duda, y ese día todo parecía más acorde con las circunstancias. Preferiría hablar sólo de ese día, hablar del entierro de mi padre, una mañana de invierno. Pero no será posible. Antes me he propuesto hacer lo necesario para intentar recordar algo, cualquier cosa, pero algo, de aquel hombre.

Para sus padres la historia de un hijo es casi siempre un libro abierto con algunas páginas en blanco o tan llenas de texto como si esas páginas fuesen agujeros negros en la historia del hijo y allí se concentrasen las dudas y los misterios, todo lo que los padres no han entendido y tal vez nunca entiendan de él. Pero buena parte de la historia de un hijo no tiene secretos para sus padres.

Para un hijo la historia de sus padres es inexorablemente un enigma. Y en este caso, para mí, la vida de mi padre, concretamente, no sólo es un enigma, es algo que quizá no haya existido, porque no es posible imaginar que este hombre sin relieves, este hombre esquivo y ausente, este hombre sin amor haya tenido una historia. Sé, por supuesto, que no es así. Se trata, como siempre, de reunir los fragmentos de relatos familiares para armar otro relato que se supone podría dar cuenta de los hechos sobresalientes de la vida de este hombre. Hijo de inmigrantes italianos, nació en el barrio de Barracas, no sé si terminó la escuela secundaria, puede que sí, pero no lo sé, y desde muy joven fue empleado de comercio. Trabajó, este hombre, desde muy joven como empleado de comercio –sin que se pueda saber exactamente en qué consistía su trabajo como empleado de comercio– y durante los años de gobierno de Juan Perón, entre 1946 y 1955, mi padre fue, como tantos otros en aquellos años, un funcionario del Estado. Creo que prestaba servicios en el Instituto de Bienestar Social, un edificio, si no me equivoco, en la avenida Córdoba, pleno centro de la ciudad de Buenos Aires, que Eva Perón había declarado su sede para todo cuanto aquella mujer hacía en beneficio de los hambrientos, de los miserables, de los desamparados de este país. No hace falta haber sido peronista para reconocer que hayan sido los que hayan sido los motivos por los cuales Eva Perón se empeñó en esa tarea humanitaria –incluso aunque el motivo haya sido una pura especulación política–, su compromiso en este campo es inolvidable en la historia de la política argentina. Las acusaciones de populismo, demagogia, resentimiento y provocación, que han sido las más frecuentes con que se ha tratado de humillar su memoria, son francamente triviales o frívolas cuando en este país, después de Eva Perón, nadie ha hecho absolutamente nada para evitarle a un hambriento morirse de hambre. Al contrario, si había algo más de lo cual podía ser despojado fue despojado. Los canallas y los corruptos, en todos los sectores sociales y políticos argentinos, han vivido de robarle a los pobres, primero, y después de la especulación y de las coimas que el capitalismo reparte como tributos indispensables para limpiarle el paso a sus negocios feroces.

Colonia

Mi padre era peronista. No es ilusorio pensar que alguna relación ha existido entre su fidelidad al régimen de Perón y lo que después sería mi adhesión al marxismo, en primer lugar, para moverme luego hacia un idealismo guevarista jamás enmarcado en militancia orgánica ninguna, con un tránsito posterior por la social-democracia del que salí perforado por el escepticismo, más cerca que nunca del anarquismo o de la indiferencia, y desde donde me propuse regresar a una idea de socialismo independiente tan utópica y razonable como carente de pragmatismo. Pero quien haya pensado alguna vez su vida como un hecho social sabe o intuye que no se puede vivir sin ilusiones o sin creer en una utopía como la posibilidad por excelencia de toda energía o impulso político.

A los seis años yo vi a mi padre frente a un retrato de Perón que él había colgado mucho tiempo atrás en el recibidor de un departamento del barrio de Congreso donde vivíamos. Mi padre miraba la figura de ese hombre vestido con el uniforme militar de gala y con el pecho cruzado por la banda presidencial y si no lloraba juro que se mordía los labios para no llorar. Poco después mi padre y mi madre de separaron y mi padre, un buen día, reapareció como empleado de Sáenz, Briones & Cía., una bodega que vendía champagne y vinos finos. Según le he oído decir a mi madre en más de una ocasión, mi padre era un mujeriego *empedernido* y perdía los empleos que cada día le costaba más conseguir porque se iba a revolcar con sus amantes en horarios de trabajo y para colmo en hoteles de mala muerte. Aparte de preguntarme si a mi madre la hubiese tranquilizado que la categoría de los hoteles fuese mejor, no he encontrado a nadie, por supuesto, en el breve marco de lo que sobrevive de mi familia que estuviese dispuesto a confirmar estos cargos.

Y aunque sea difícil de creer, lo que acabo de decir es casi todo lo que sé de mi padre. Todo lo que sé, digamos, que me permite pensar en algo más que en una anécdota: hechos con los cuales, de la manera que sea, puedo cruzar mis recuerdos o mis ideas, de antes o de hoy, sin que parezca una instalación psicoanalítica.

Mi padre, esa tarde de ominoso calor, se levanta de la cama, se calza un par de chinelas de cuero marrón y me invita a tomar un café en el bar del hospital. Vamos caminando lentamente. Él se apoya en mi brazo y habla. Nunca dejaba de hablar aunque yo no logre recordar de qué hablaba. Mi padre era peronista, empleado de comercio, hincha de Racing y, probablemente, mujeriego. No es poco, pienso, para quien como yo dice que no sabe nada de su padre.

Nos sentamos a una mesa. Él pide un té y yo una Coca-Cola con hielo. Por una ventana se veía el cielo blanco. La luz, afuera, era tan intensa que borraba el color de todas las cosas. Mi padre me pide un cigarrillo. Pienso que por las mismas razones que le han prohibido el café le habrán prohibido también fumar. Pero no se lo digo. Yo ya no fumaba, de modo que compré un paquete de cigarrillos y un encendedor.

–Todo saldrá bien –me dice–. No te preocupes.

Asentí con una sonrisa. Dos viejos, en una mesa cercana, tomaban agua y discutían. No sé sobre qué discutían. Pero me acuerdo que estaban vestidos con camisetas, pantalones de pijamas, y zapatillas. Las camisetas eran amarillentas y en algunas costuras estaban descosidas. Mi padre me preguntó

Colonia

por mi mujer. No me preguntó por Julia Conte. Supongo que se murió sin enterarse de que yo me había separado de Catalina Dillon en 1991 y de que Eric, el hijo de Catalina Dillon, había muerto de una sobredosis de heroína en El Palomar.

Pienso y vuelvo a pensar en esos días y creo que vi a mi padre, por última vez, en dos ocasiones: una antes de la operación y otra después, las dos veces en la misma habitación del hospital Fernández, un edificio racionalista de finales de los años '30 o principios de los '40, no sé, que ocupa una manzana entera y al que se entra por la calle Cerviño: una marca, un enclave de otro tiempo en la ciudad que ha quedado allí, en medio de una zona residencial y presuntuosa de Palermo como a veces queda la pobreza instalada en Buenos Aires: con resignación y sin alardes. Los hospitales públicos no dan abasto, no les alcanzan ni las camas ni los médicos, no tienen dinero ni para Mertiolate, pero siguen atendiendo a la gente en los consultorios de guardia y los enfermos que ya están internados reciben su magra sopa y sus medicamentos genéricos o su simulacro de medicamentos porque a veces si uno cree que una aspirina son 20 miligramos de Valium a lo mejor te relaja y por fin te dormís, los seres humanos son infinitamente cándidos a pesar de todo, y algunos consiguen incluso turnos para el quirófano y no se sabe de dónde sale lo que hace falta para una *intervención quirúrgica* de la complejidad que sea.

Mi padre fuma y mira por la ventana. El té no le interesa y se enfría. De vez en cuando toma un trago pero es como si lo hiciera para recordar que no es café y aleja poco a poco la taza. Mi padre fue, en los últimos años de su vida, un hombre robusto. Ahora le miro las manos, los dedos hinchados y cortos; le miro los bigotes grises y mal recortados; le miro la cabeza que perdió casi todo el pelo hace mucho tiempo, creo que cuando no había cumplido todavía los 40 años; le miro los ojos marrones y la mirada a la deriva en alguna imagen de otro tiempo. Me resulta inconcebible aceptar que mi padre tenga memoria. Siempre había pensado que sólo tenía olvidos en la cabeza. Y que sus actos eran guiados por la negligencia o por alguna forma de la irresponsabilidad no necesariamente maligna. Está lleno el mundo de personajes que no saben qué hacer con su vida. ¿Por qué habría entonces de saber mi padre qué hacer con la suya? Y es entonces que de pronto me pregunta:

–¿La ves a tu madre?

–Sí, de vez en cuando la veo.

–¿Cómo está?

–Bien –le miento. ¿Qué sentido tiene decirle la verdad a un hombre que está en el umbral de la muerte?

Mi madre y mi padre tenían la misma edad. A pesar de que no sé nada de mi padre siempre creí que había estado enamorado de mi madre. Un día, ya separados, él vino al departamento donde ahora vivíamos mi madre y yo, un departamento modesto, de tres ambientes, en la calle Uriburu entre Corrientes y Lavalle, es decir, casi en el pulmón del barrio judío de Buenos Aires. Supongo que la visita tenía por objeto llevarle dinero a mi madre, una mensualidad o algo por el estilo. Ellos estaban en el dormitorio de mi madre, de pie, y hablaban. Mi padre le dio un sobre. Y después quiso besarla. Pero ella no quiso. ¿Estuvo enamorado mi padre de mi madre? ¿O sólo estaba caliente con

Colonia

ella? ¿Por qué, para mi padre, nací yo? ¿Por qué decidió o aceptó tener un hijo del que se desentendería en seguida y del que no volvería a tener noticias a partir de mis seis o siete años? Yo sé que mi madre no estaba enamorada de mi padre. No es una suposición, una hipótesis, o una turbulencia neurótica que sacude o conmueve de vez en cuando mi propia historia. Se lo pregunté un día con todas las letras y ella me contestó que no, que no había estado enamorada de mi padre; que se había casado con él para terminar con las murmuraciones de la familia que la consideraban, más o menos, para decirlo con los típicos rodeos domésticos, una mujer de costumbres apresuradas.

Mis padres se separaron cuando yo cumplí siete años y mi padre se volvió a casar en seguida. De su segunda mujer recibió una hija. Creo que no pudo librarse de esa hija con la misma facilidad con que lo hizo de mí. Tres o cuatro años más tarde mi madre también volvió a casarse. Su marido era un judío cordial y alegre que dirigía en aquellos años una empresa de seguros de vida. Pero el juego y las deudas lo aniquilarían. Cuando se quedó sin la dirección de aquella empresa el marido de mi madre se dedicó a vender por su cuenta seguros en dólares para compañías norteamericanas. Con el tiempo, sólo se dedicó a jugar al póker en clubes de Buenos Aires y a endeudarse con infinitos prestamistas y usureros. Es verdad, tiene que ser verdad, que más de una vez ganaba. No hubiese podido, de otro modo, resistir tantos años como resistió sólo con pérdidas y deudas. Además, cuando ganaba, la casa de mi madre cambiaba. Se llenaba de combinados, licuadoras, televisores y, en una ocasión, compraron un auto, uno de aquellos flamantes escarabajos de la Volkswagen. Pero seis meses más tarde yo llegaba otra vez de visita a la casa de mi madre y no había rastros de la módica opulencia. La suerte no se queda cerca de un jugador más que un instante que casi siempre es fugaz, insuficiente y maravilloso. El marido de mi madre murió por fin sin aire, varios años antes que ella, estragado por un enfisema pulmonar.

Cuando salimos del bar del hospital Fernández mi padre se guarda en un bolsillo los cigarrillos. Ya no dice una sola palabras más. No es que haya dicho demasiadas. Es que ahora, quizá, no quiere seguir hablando. No quiere enterarse de nada más. Y quiere, en cambio, pienso, que me vaya. La visita ha sido correcta. No fue estremecida por ráfagas de amor filial o paterno. No recibió señales de dolor o pesadumbre. ¿Para qué poner todo en juego estirando un tiempo que no es necesario prolongar?

Él llega a su habitación y la cuñada –es decir, la mujer de su hermano mayor– deja de fumar en el pasillo y vuelve a su puesto de guardia. Ni mi padre ni ella se querían.

Entonces salí a la calle Cerviño con la figura real de ese hombre enfermo sin conseguir que la idea de que era mi padre engarzase en el recuerdo de su figura irreal en una fiesta de casamiento cuando yo tenía nueve o diez años o en la firmeza con que su firma ha quedado grabada en mi memoria como una marca.

Yo guardo una foto de mis padres el día en que se casaron. Él está enfundado en un jaquette y ella en un vestido blanco. Tienen los brazos enlazados. Mi padre sonríe. Mi madre es bella. Los dos son demasiado jóvenes. Tanto que es evidente que no sabrán qué hacer de sus vidas.

También tengo una foto con mi padre en Mar del Plata. Estamos sentados en el agua de la orilla de la playa

Colonia

Bristol. Yo tengo frío. Mi padre ha perdido el pelo y el vientre se le ha hinchado. Ya es un hombre robusto, sonriente, y está allí, conmigo, como si supiera por qué está allí. En el pie de la foto figura el año en que fue tomada. Todas las fotos de aquel entonces llevaban inscritos al pie el año, el nombre de la playa, y el número del local de la rambla del Casino o del Hotel Provincial por donde había que pasar a retirarla no recuerdo cuánto tiempo después de que el fotógrafo playero la había sacado.

La firma de mi padre era una firma de trazos enérgicos y elegantes. Decía, con letra ilegible, sólo su apellido, como si él hubiese sido el único Balbi sobre el mundo. La conservo, por ejemplo, en boletines de calificaciones, salpicada al azar en medio de las firmas de mi madre que era quien controlaba habitualmente mis notas. Una línea breve, casi recta, más corta que el apellido, rubricaba el apellido de mi padre.

En la fiesta de casamiento de una prima de mi madre veo a mi padre. Es un mediodía, en el patio de la casa familiar cubierto con toldos. El patio está lleno de mesas largas, paralelas, repletas de comida, de fuentes, platos y copas, de botellas de champagne y de vinos Carrodilla. En el fondo del patio, de pared a pared, se ha puesto una tabla sobre caballetes. En esa tabla los hombres cortan fiambres y quesos. Y yo veo a mi padre entre aquellos hombres. Lo veo en mangas de camisa, puesto que está trabajando, como los otros, y hace calor, y corta salame: primero le quita la piel y después lo corta en rodajas idénticas, ni gruesas ni finas. Es curioso. Este recuerdo supone movimientos, pero yo sólo puedo ver una escena fija como una foto en el fondo del patio. Y en esa escena está mi padre. Un día, hace casi veinte años, advertí que hay algo en este recuerdo que no encaja bien. La fiesta de la boda en cuestión tuvo lugar tres o cuatro años después de la separación de mis padres. ¿Qué hacía entonces mi padre en el casamiento de una prima de mi madre a esa altura del partido cuando, además, es casi seguro que para ese entonces él ya se había casado con su segunda mujer? Hay dos posibilidades: o yo recuerdo mal las fechas o mi padre no estaba en esa fiesta y, en consecuencia, nunca estuvo frente a esa mesa, en el fondo del patio, cortando salames y quesos junto a otros hombres de la familia de la prima de mi madre.

Cuando vivíamos juntos, antes de la separación, mi padre llegaba siempre tarde de su trabajo.

A veces yo estaba en penitencia y no podía verlo apenas llegaba.

Mi madre, para ponerme en penitencia, me encerraba en el baño. Yo me sentaba en el suelo de mosaicos negros, entre la bañadera y el bidet, me aburría y esperaba.

No recuerdo las comidas con mi padre.

No sé qué hacíamos los domingos.

Nunca fui de vacaciones con mi padre. Por eso no entiendo de dónde salió esa foto en la que estamos juntos en una playa de Mar del Plata.

Un poco más adelante, después de la separación, yo debía pasar con él los fines de semana. Para resolver este punto mi padre me llevaba a la casa de sus padres.

Mis abuelos vivían en la calle Martín García entre Montes de Oca y General Hornos, en el barrio de Barracas. Este tramo final de Martín García hoy se llama Manuel Samperio.

Colonia

Mi abuela se llamaba Francesca y mi abuelo Umberto. Eran calabreses y tenían una casa con frente de mármol y granito.

No recuerdo la voz de mi abuelo.

En cambio mi abuela, vestida de negro, siempre en la cocina, y siempre de mal humor, hablaba en voz alta y daba órdenes.

A veces mis primos venían de visita. Eso no estaba mal. Pero mi abuela se negó a que yo me quedara a dormir los sábados en su casa. De modo que mi padre me llevaba a dormir a la casa de una tía de mi madre que vivía en Villa Urquiza. En poco tiempo las visitas a Barracas terminaron y yo pasaba los fines de semana en Urquiza.

Una vez mi padre me llevó a la casa de uno de sus hermanos en Ituzaingó. Allá también yo tenía primos y tampoco estuvo mal.

Mi padre estaba orgulloso de llamarse Balbi, y estaba orgulloso de sus hermanos. En primer lugar, admiraba a su hermano mayor, que había llegado a doctor en Ciencias Económicas y que formaba parte de algún equipo de asesores que colaboró con Perón. En segundo lugar, admiraba a su hermano menor, que fue administrador del Sanatorio Güemes.

De sus hermanas mujeres nunca dijo nada.

Yo tenía casi 20 años cuando volví a ver a mi padre después de aquella época. Nos encontramos en La Ópera, en Corrientes y Callao, y no sé de qué hablamos. Creo que intenté decirle que no debía preocuparse por el pasado y que no le guardaba rencor. No puedo asegurar que lo haya hecho ni que él me haya escuchado.

A los 30 años me pareció que ya era hora de que conociera a Catalina Dillon. Fuimos a verlo y ella llevó a su hijo, Eric, y le dijo que era hijo mío. Mi padre no se sorprendió.

Tuve un primo que murió electrocutado en una tormenta por tratar de ayudar a un amigo que quedó pegado a un cable de alta tensión.

Hoy no sé cuántos primos tengo ni qué hacen.

Aun cuando hubiese otras cosas para contar, creo que no se le puede exigir más sobre el tema a un hombre que dejó de ver a su padre a los seis o siete años…

No sé qué quiero saber.

Una semana después de la primera visita vuelvo al hospital Fernández. La operación se demoró por diversos motivos: el día que debían intervenir a mi padre el quirófano del hospital estuvo permanentemente ocupado por las víctimas de un accidente: una garrafa de gas había explotado en un edificio de propiedad horizontal y por lo menos media docena de personas había perdido un brazo, una pierna, un ojo, o había sufrido quemaduras indescriptibles. En los días siguientes hubo cortes de luz en el hospital, huelga de anestesistas y otros problemas. Pero por fin lo habían operado. Así que vuelvo al hospital, subo por un ascensor, recorro los pasillos y llego a su habitación. Ese día me encuentro con dos o tres personas más. Está su hija, está su hermano menor, y está otro hombre que no parece ni uno de mis tíos ni uno de mis primos. Mi padre sonríe cuando me ve, pero su sonrisa no es la misma. No se queja, no habla, no se mueve, pero se me ocurre que su cuerpo, ahora, le duele. Supongo que está incómodo. Y supongo que está harto de las visitas. Sin embargo no dice ni dirá nada. Me quedo diez o quince minutos. Hablo un rato con mi tío, le acaricio la mano derecha a mi padre, le doy un beso a su hija, es decir, a mi hermana, y me voy. Ése fue el último día que vi a mi padre con vida. Creo que fue a finales de 1994.

Colonia

Mi padre murió en el mes de julio de 1995.

El día siguiente a la muerte de mi padre fui al cementerio. Hacía frío y caía una ligera llovizna. Por alguna razón era necesario que fuese así y así fue. La razón era quizá para que ese día se grabara en mí con las características propias de un recuerdo imborrable. Me encontré con un cortejo exclusivamente familiar formado por mis tíos, mis primos y sus mujeres, por la segunda mujer de mi padre –de la que también se había separado– y por la hija de mi padre. Llegué un poco tarde y comprendí que me estaban esperando. De inmediato se abrió un hueco al frente del cortejo y no hizo falta que nadie me dijera que era el lugar que me correspondía por ser el hijo de mi padre. De modo que ocupé ese lugar y encabecé el cortejo. Caminamos detrás de una cureña que transportaba el féretro. Cuando la cureña se detuvo me di cuenta de que había llegado el momento de cargar el ataúd a mano y de que me tocaba hacerme cargo de una de sus manijas. Creo que fue la primera de la derecha. Creo que las otras las llevaron mis tíos y alguno de mis primos. Caminamos veinte o treinta metros hasta el crematorio del cementerio de la Chacarita. Entramos. Depositamos el féretro sobre una plataforma de madera que poco después, cuando todos se habían despedido de los restos de mi padre, se deslizó hacia el interior de un depósito. Saludé a todos y me fui. Fue simple porque nadie espera que alguien a quien se le acaba de morir el padre tenga el temple necesario para ponerse a charlar de cualquier cosa. Subí al auto que me esperaba y me fui. Los restos de mi padre serían incinerados el día siguiente. Pero yo no volví para mirar el fuego que puede verse a través de una ventanita mientras las llamas reducen a cenizas el ataúd y el cuerpo de quien ha pedido que se lo incinere.

Jamás fuimos con mi padre a un cine, a una cancha de fútbol, o a las hamacas de una plaza.

No creo que él haya hablado alguna vez conmigo, no creo que me haya dicho alguna vez algo más allá de las cosas más o menos formales y sin mayor trascendencia que se dicen en un encuentro que si no es casual lo parece hasta tal punto que uno se pregunta cómo se ha producido.

No tengo el más mínimo recuerdo de que mi padre alguna vez me haya tocado, me haya alzado en brazos o me haya hecho una caricia.

Esto es todo lo que sé, dice Balbi.

Y concluye:

Hablo de mi padre porque nunca he hablado de mi padre.

7

El deber

> *Ahora debo contar algo que tal vez despierte ciertas dudas.*
>
> Robert Walser

Es mi ciudad, claro que me gusta, yo nací en Montevideo, dice Sofía Garay. Por eso Balbi piensa –como ha pensado en otras ocasiones– que a Sofía Garay le hubiera gustado ser una mujer italiana, igual que su madre, haber nacido por ejemplo en Padua, en Vicenza o en Verona, en el norte de Italia, en una de esas pequeñas ciudades casi al pie de los Alpes en las que apenas viven cien o doscientos mil habitantes, ciudades laboriosas y bellas, sonámbulas de su propia historia, bombardeadas en la Segunda Guerra y que sin embargo conservan sus murallas, sus antiguas universidades, iglesias románicas y góticas, palacios renacentistas, obras del Giotto o de Tiziano, y se pregunta, entonces, Balbi, si esa idea, ese deseo que él le atribuye sin saber muy bien por qué a Sofía Garay no es, en verdad, un deseo propio, un deseo de haber nacido en alguna de esas ciudades, como alguno de sus abuelos, y de vivir ahora en otro mundo. Mi madre nació en Padua, dice Sofía Garay, y mi padre en Piriápolis. Se conocieron en

Montevideo, yo creo que en el año 1951 o 1952, más o menos cuando los padres de Suárez lo llevan a Buenos Aires para que haga el colegio primario en El Salvador. Pero mis padres eran pobres, trabajaban los dos, y sólo se pusieron a pensar en los hijos más adelante. Yo nací en 1958 y mi hermano José en 1961. Balbi dice que no sabía que Sofía Garay tenía un hermano. Sí, dice ella, y repite: un hermano menor, un varón, que se llama José y que ahora vive en Maldonado. Trabaja en Punta del Este, sobre todo en el verano, por supuesto, y vive en Maldonado. Es pintor... Sofía Garay se ríe. ¿La había visto reír Balbi a Sofía Garay en alguna ocasión anterior a ésta? Balbi piensa en verdad que ella nunca se había reído a solas con él y contempla la risa de Sofía Garay, la sorpresa de su boca que se entreabre y los ojos claros que se convierten en una línea, todo porque está a punto de decir: Pintor de brocha gorda.

Sofía Garay y Balbi están sentados a una mesa de la Cantina. Dos ventanas miran al oeste, es decir al patio en el que se encuentran las dependencias del personal de la Casa, y otras dos ventanas dan al este, bajo cuyas galerías se distribuyen la mayoría de las dependencias de los internos del Instituto. En el patio que ocupan los empleados se encuentra la única dependencia *familiar* del Instituto: tiene tres ambientes y en ella residen cuatro mujeres. Así que sólo unos pocos internos tienen sus dependencias en el último patio, el tercero, el más chico, por donde también se llega al viejo gimnasio con su pileta de natación abandonada: allí viven el Rechazado, Pepa Galante y el Perro Uriarte, tres indeseables, dijo una tarde el celador, que bien podrían irse ya, porque nada ni nadie los retiene, y porque lo único que hacen acá es alterar el orden:

ponen nerviosos a los demás, roban cosas, y cometen actos incalificables. Se dice, por ejemplo, que el Rechazado somete al Perro Uriarte. Luque quiso saber entonces, esa misma tarde, a quién le había escuchado esas cosas el celador. Y Amadeo Cantón dio un par de vueltas antes de confesar que a él se lo había contado la enfermera Raquel, que oye siempre desde su dependencia las quejas de Uriarte porque el Rechazado se le impone y le hace lo que se le antoja. Y qué pasaba con Pepa Galante, también quiso saber Luque ya que estaban con los internos del tercer patio, los más difíciles de la Casa. El caso es que la chica tiene esa enfermedad, le había dicho entonces el celador a su jefe, esa fiebre que es la causa de que esté todo el tiempo en celo, esa calentura que no le da respiro, por eso la interna Galante se pasa todo el día frotándose contra las columnas del tercer patio, masturbándose entre las palmeras, metiéndose cosas que a veces, después, no se puede sacar y tiene que pedir ayuda. Por eso la interna acecha al Rechazado pero Galván no quiere saber nada con Pepa Galante porque él –se le ha escuchado– no es padrillo de pitucas, razón por la cual la mujer merodea todo el tiempo al Perro Uriarte pero sólo consigue que el Perro le preste atención de vez en cuando y sin mucho afán. Conviene recordar que los atributos de la interna le han quitado el sueño a otros internos y a miembros del personal, pero el Perro Uriarte vive menoscabado ante las mujeres porque le comparan el rendimiento con el Rechazado y en ese punto no hay más nada que agregar, pero bueno, también es cierto que el Perro Uriarte, cuando quiere, atiende a la interna Galante porque en el fondo ella tiene algo que no comparten muchas mujeres y es que está dispuesta para todo, no le tiene asco ni miedo a nada y se le puede hacer cualquier cosa, eso está bien, el problema es la enfermedad, porque aparte de la enfermedad de la fiebre se dice que ella tiene además una enfermedad contagiosa, pero también se dice que eso se dice para joder, para que a la interna le resulte más difícil todavía encontrar satisfacción, o sea rumores, ¿sabe?, maldades propias de algunos personajes de la Casa, señor, se dice que le dijo aquella tarde el celador a su jefe, y que por eso la interna se consuela todo lo que puede, dentro de lo que cabe o se consigue en semejantes condiciones: sus buenos pesos le cuestan desde luego a la interna Galante, me dice la enfermera, los servicios de Teresita, la mulata más joven de la Cantina que sirve a la interna, y además se la besa toda, se dice, cuando le lleva la comida fuera de los horarios de atención en la Cantina, porque la interna no quiere comer con los otros, y parece que Teresita se hace retribuir como si tuviese la lengua de oro.

Es el mediodía. Sofía Garay y Balbi comen salchichas parrilleras con puré de calabazas en la Cantina. Las palmeras y los tilos, en la luz tan blanca, parecen transparentes.

No se sabe todavía por qué la noche anterior Juana García decide que debe ir a la casa de su madre y le pide al primero que encuentra que la acompañe. Por eso, dice después, el interno Suárez sale con ella del Instituto la noche anterior.

Colonia

El relato de lo que sucede luego en la casa es claro y confuso al mismo tiempo. Hay razones que parecen claras y hechos que parecen confusos, situaciones que se han producido inesperadamente, cosas que pasan y que ninguno de los dos, ni Juana García ni el interno Suárez, tenían previstas. Los hechos se desencadenan, por así decirlo, y ellos no son responsables ni de los hechos en sí ni de haber protagonizado esos hechos.

Esta explicación es, por supuesto, confusa.

Y aquí no terminan los problemas.

La cuestión es que a eso de la diez de la noche Juana García se encuentra con el interno Suárez en uno de los bancos del patio. Suárez fuma y espera, no se entiende qué, porque no quiere decírselo a Juana García. Pero a ella no le importa qué espera el interno Suárez. Ella necesita ir ya mismo hasta la casa de su madre porque, dice, tiene algo que hacer allá: algo que no puede esperar, le explica. Por eso le pide al interno Suárez que la acompañe y Suárez, dice, le pregunta por qué no le pide a Balbi que la acompañe, que es más lógico y seguro más fácil, porque Balbi no tendrá probablemente nada que hacer, en cambio él, Suárez, está esperando una cosa. Eso fue lo que dijo: Estaba esperando una cosa. Así que Juana García con lágrimas en los ojos le dice que no tiene más tiempo para buscar o esperar a nadie, que debe ir de una vez por todas hasta la casa y le ruega al interno Suárez que la acompañe porque no pasará nada y en un rato estarán de vuelta.

Por eso, dice el interno Suárez, resuelvo salir con ella del Instituto y vamos. Las calles están más vacías que nunca, sopla viento del sur, no hay luz en el río y los bares ya están cerrados. De modo que lo único que hacen es ir hasta la casa de la madre de Juana García por el camino más corto. Suárez se da cuenta de que la chica está muerta de miedo, llora sin parar y aprieta contra su pecho y entre sus brazos una bolsa de plástico negro. Para colmo, dice el interno Suárez, a mitad de camino empieza a llover y yo no tengo ni siquiera un saco, apenas una camisa de verano que se me hace sopa en dos minutos, con el primer chaparrón. En fin. La cuestión es que cuando llegan al viejo hotel clausurado que fue la casa de la madre de Juana García ella no encuentra las llaves y se pasa un buen rato llorando y revolviendo su bolso. Encienden cigarrillos, el interno Suárez y Juana García, o, mejor dicho, Suárez enciende un cigarrillo y se lo pone en la boca, de vez en cuando, a Juana García, que fuma sin dejar de buscar las llaves, él le saca el cigarrillo de los labios, y así, bajo la lluvia, en la noche, sin ninguna razón, dice el interno Suárez, para que él esté allí. Sin embargo las llaves aparecen, la puerta de servicio se abre, y los dos entran en el hotel desalojado que fue la casa de Juana García mientras vivió con su madre.

La interna de la dependencia número 11, que alguna vez no tuvo ni nombre ni número de dependencia, se dirige sin vacilar hacia los fondos de la casona o del hotel a oscuras y en un patio de tierra, con una pala que saca de un cuartito de herramientas que hay junto a un baño cava un pozo. Y llora. No puede ni quiere, piensa el interno Suárez, dejar de llorar. Las convulsiones la sacuden y ella balbucea incoherencias, murmura todo el tiempo que tiene miedo, que la vida es insoportable, y por último deposita la bolsa de plástico negro en el fondo del pozo que ha cavado, cubre de tierra la bolsa, alisa el suelo, le pega con la pala, cae de rodillas sobre la tierra, bajo la lluvia, y le ruega al interno Suárez que no la abandone. Así que Suárez se inclina, le palmea un hombro, intenta tranquilizarla y no sabe cómo, de pronto, la boca de Juana García le besa la mano, los dedos, ella llora, llora, y le besa la mano a Suárez, que tampoco sabe cómo ni por qué termina arrodillado sobre un pasto ralo y seco entre las piernas de Juana García, contra la espalda de Juana García, de modo que ella se inclina y besa la tierra que ahora cubre la bolsa de plástico negro y es natural, por decirlo de algún modo, que tal como están, Suárez junto a ella, o contra ella, en el suelo, bajo la lluvia, ella inclinada sobre la tierra y temblando de miedo y congoja, es natural que Suárez descubra sin proponérselo que tiene contra su vientre la vulva de Juana García, el vacío de Juana García, es natural, y es lógico porque además ella dice sí, por favor, no me abandone, se lo ruego, no, por eso ésa será la única manera de salir de aquel caserón, de olvidarse de todo y de volver al Instituto.

El día anterior, después de haberle anunciado en dos ocasiones el viaje y de haberlo suspendido las dos veces, la mujer de Balbi llegó a Colonia y lo fue a visitar al Instituto. Yo le pedí desde el principio y a lo largo de casi todos estos meses que no viniese, dice Balbi. Ella, de todas maneras, siempre quiso hacerlo, pero no acepté. Ahora... No sé. Ahora es distinto. Balbi salió antes del mediodía y regresó más o menos a las siete de la tarde.

Una nube sombría le cruzaba la mirada, el aire sin inquietud que se le ve casi siempre, la mansedumbre con la que inspira alivio... Pero cuando volvió, esa tarde, el peso del mundo parecía caer exclusivamente sobre sus hombros y no hizo lo que habitualmente hace a esa hora. No fue a la Cantina ni se sentó en ninguno de los bancos del patio, no encendió un cigarrillo y no se dispuso a esperar al interno Suárez, con el que compartía estos hábitos, ni quería enterarse de los chismes de nadie. Es verdad, también, que aún no sabía que dos historias, por lo menos, lo estaban esperando. No tenía por qué escucharlas esa tarde o esa noche. Era probable, incluso, que todavía no fuese el momento. Pero más tarde o más temprano debería prestarles atención, y entonces confirmaría que el curso de la vida nunca es uno solo y mucho menos definitivo. Así que sin conciencia de los hechos que ya estaban en marcha y de los que se producirían en seguida, Balbi cruzó el patio sin vacilar y se encerró en su dependencia.

Ahora el diente de plástico muestra al hombre torcido yo tengo bien lo conozco miente siempre como una mujer la mujer engaña todas las mujeres le mienten hacen ¿qué? mienten todos mienten putas perros celadores de mierda muestran o mienten el diente que tiene no yo sé pero sé de qué manera a ella la envuelve ella se entrega envuelta se lleva ella misma sin que dude al fondo y en el fondo la espera qué la esperan los golpes la paliza una mujer pegada cabra de mierda le gusta que se le pegue la concha le moja miedo le tiene o da pero cambia nada para nada si él allá en el fondo muestra patea o ábrele las piernas se dice cómo celador se dice puta soy lindo pegame y de los pelos arrastra él por el fondo la cabeza de ella o a ella la arrastra o revuelca y le pega en medio de seca mierda de ratas porque ya no hay ratas cuando el gato está no hay fiesta de ratas mierda seca en el fondo el roto vidrio botella sin cuello culos rotos que yo tiro rotas botellas de cerveza o vino a veces medio y medio o mugre del fondo y hojas muertas roto está el vidrio también del techo por eso el agua cae si llueve hojas muertas y mugre un lecho queda como el del arroyo muerto hilo de agua podrida en la parte profunda que después sube un poco nada un poco así les gusta yo sé ya le hace diente falso todas esas cosas en lo más hondo de la pileta vacía el celador torcido a Pepa Galante y ella quiere, dice Galván, el Rechazado.

23.XI.01
La felicidad es un instante fugaz, tan fugaz que de inmediato queda en el pasado. Por eso parece que no se sabe qué es la felicidad. Y por eso, también, parece que no existe.

El hecho es que llegamos a Montevideo el viernes al mediodía, paramos en un hotel a dos pasos de la plaza Independencia y a la tarde caminamos por ahí, al azar, y tomamos café y cerveza en los bares, entramos a una librería en la 18 de Julio y a un negocio de electrodomésticos porque yo quería comprarme un secador de pelo y Suárez una afeitadora eléctrica. Comimos pizza cuando se hizo de noche y nos fuimos a dormir, los dos estábamos cansados, todo era normal. Palabra de honor. Miramos televisión, yo empecé a leer una novela de Simenon, a veces me gusta Simenon, y Suárez acomodó la ropa en el ropero y después se entretuvo con uno de esos programas en los que tres o cuatro tipos se hunden en el mar y quedan en medio de una docena de tiburones que les dan vueltas y vueltas, ellos con sus trajes de goma, las aletas, los tubos de oxígeno, y los tiburones sin saber qué hacer, a mí el tema me aburre. Yo tenía ganas y se lo dije a Suárez, disculpe. Así que el día terminó bien. Bien. No muy bien. Quién sabe por qué. Las cosas estaban en orden pero yo sentí esa noche, antes de quedarme dormida, que el orden no alcanzaba... El sábado nos levantamos más o menos temprano y después del desayuno en el bar del hotel Suárez me dijo que quería hacer de una vez por todas los trámites que tenía que hacer y que lo más probable era que estuviese de vuelta a la hora de la siesta o poco después de la siesta, pero no mucho más. A mí me encanta dormir la siesta, y más si hace calor, si es verano y el calor, a la hora de la siesta, lo aplasta todo. Te espero, le dije, tengo el ventilador y mi libro, a lo mejor duermo un rato, hacé tus cosas tranquilo. Y él se fue.

Entonces Sofía Garay se queda callada. Mira a Balbi con los ojos claros, se acomoda el pelo y se acaricia las manos como si se hubiese acordado, piensa Balbi, de las asperezas que tiene en las manos. Como si esas asperezas, piensa Balbi, fuesen cicatrices.

No sé por qué pensé mucho esa tarde, dice Sofía Garay, en las historias del colegio de curas que cuenta Suárez. Sus padres se van a vivir a Buenos Aires porque la madre quería que él fuese al Salvador... El padre era argentino. A él se le tendría que haber ocurrido una cosa así, y no a la madre. Las mujeres de Montevideo no piensan en los colegios de Buenos Aires para sus hijos.

Balbi se saca los anteojos y con dos dedos se frota suavemente los lagrimales. Piensa en su propio padre, piensa en Buenos Aires, y cuando quiere fumar se da cuenta de que se ha quedado sin cigarrillos

¿Qué quiere decir?, le pregunta después a Sofía Garay.

Quiero decir que algo no es cierto en todo lo que cuenta el interno Suárez. Y quiero decir que yo ya no estoy para que me hagan creer cualquier cosa. Antes prefiero estar sola. A veces me da pena que Luque se haya muerto. Se lo juro, yo mentiría si dijera que en el fondo no me gustaba bañarlo. Luque era un canalla, no lo dudo. Pero había algo en él que no tenía defensa.

El gato de la Carbonería apareció muerto, dice Juana García. Entonces yo tenía que sacarlo de aquí, tenía que llevarlo a la casa de mi madre. Por eso le pedí al interno Suárez que me acompañara y él lo hizo. Llovía. Cavé un pozo en el patio de tierra del fondo de la casa, enterré al gato, y me hubiera gustado enterrarme con el gato. Pero el interno Suárez no tenía tiempo. Esperaba algo, esa noche, o tenía que hacer algo, me había dicho. Él me acompañó, y trató de ayudarme, y quiso darme aliento, fuerzas, o hacerme saber que no me dejaría sola, esa noche, en el patio de atrás de la casa de mi madre. Y yo le creí. Las cosas son así. Yo no puedo negarle a un hombre lo que un hombre se merece. La verdad es insoportable. Lo sé mejor que nadie. El interno Suárez hizo lo que yo quería.

Balbi sale del Instituto y compra cigarrillos, vodka, otro par de cuadernos, y en una farmacia compra Veronal y aceite de almendras. Después camina por la Costanera mientras baja el sol. No tiene nada que hacer y no siente necesidad alguna de hacer nada. Todo lo que se le ocurre son ideas sueltas, proyectos inconsistentes, remordimientos sin salida, y en lo único que se detiene –cuando se le presenta primero de una manera trivial y poco después como una pregunta en cuya respuesta él, piensa, no podrá eludir sus convicciones más íntimas– es en algo que tiene el carácter de una obligación moral.

¿Juana García le ha sido infiel a Balbi si es que ha tolerado o promovido un encuentro sexual con el interno Suárez? En este caso, Balbi no debe pensarlo mucho. No. Juana García no le ha sido infiel.
Ahora, ¿el interno Suárez le ha sido infiel a Sofía Garay si es que ha promovido o Juana García ha propiciado un

encuentro sexual? Tampoco en este caso debe Balbi pensar demasiado. Sí. El interno Suárez le ha sido infiel a Sofía Garay.

No hace falta, cree Balbi, demorarse en enunciar las diferencias que se presentan entre un caso y otro.

La cuestión es que no volvió, dice Sofía Garay. Ni a la siesta, ni después de la siesta, ni en el resto la tarde. Me quedé todo el tiempo en el hotel como una idiota, terminé la novelita de Simenon, leí dos o tres diarios en la sala de estar de la planta baja, subí a la pieza, miré televisión, lo primero que encontré, y en realidad no vi nada, tenía la cabeza hecha un revoltijo, me pregunté mil veces si le habría pasado algo y me dije mil veces que no. Yo sabía que esto iba a suceder y simplemente estaba sucediendo. A la noche salí a caminar un poco pero siempre con miedo de que Suárez volviera y no me encontrase. Una es un poco estúpida en estos casos. Por eso pasé por el hotel dos veces, para ver, y por fin me fui a comer algo. No me pregunte nada. No me acuerdo ni adónde fui ni qué comí, pero no creo que haya comido mucho porque tenía el estómago cerrado y una angustia que me hacía llorar. Me compré unas pastillas en una farmacia y me fui a dormir. No podía pensar más. ¿Vio cuando los pensamientos dan vueltas y vueltas y no salen del mismo lugar? No pueden salir porque cayeron en una trampa. Eso le pasa a los pensamientos y también le pasa a los seres humanos. ¿No le parece raro que nos llamemos a nosotros mismos *seres humanos?* A mí sí. ¿Qué es un ser humano? Desde que estudié filosofía en el colegio me pregunté siempre lo mismo. Eso también es una trampa. Se definen cosas, y se les da un nombre, y no se sabe de qué se está hablando. La definición de un ser humano no es demasiado importante, pero hay cosas graves que se dicen y tampoco nadie sabe muy bien de qué diablos se está hablando. A usted le parecerá que yo estoy un poco loca, Balbi, le pido disculpas, y le voy a decir la verdad: sí, estoy un poco loca y tengo ganas de matarlo a Suárez.

El celador le ha comunicado al personal del Instituto que la administración ha resuelto introducir una serie de cambios en el funcionamiento de la Casa. Por eso, si bien se ha negado a entrar en detalles puesto que –ha dicho– no está autorizado para hacerlo, las instrucciones que ha dado para instrumentar la puesta en marcha de los cambios son pocas y claras: las actividades y el funcionamiento del Instituto deben continuar por ahora tal y como se vienen realizando; todas las instalaciones serán higienizadas y puestas en condiciones de modo tal que cuando se produzca la inspección no se adviertan anomalías o trastornos de ninguna naturaleza que entorpezcan la inmediata puesta en marcha del paquete de medidas ya adoptado por la administración; los internos y el personal serán instruidos acerca de las normas de convivencia y desempeño laboral que las autoridades esperan encontrar; y por último –ha ordenado Amadeo Cantón– la residencia destinada al director del establecimiento debe en primer lugar quedar absolutamente libre de toda clase de prendas y objetos personales pertenecientes al director anterior y se procederá, en segundo término, a limpiar y reacomodar esa residencia para que pueda ser ocupada de inmediato por quien la administración designe por fin para dirigir la Casa.

De modo que aunque Amadeo Cantón no haya entrado en detalles no se carece de indicios de las primeras medidas que se ponen en marcha. Si bien tampoco en esta ocasión queda claro de qué organismos o distritos se habla cuando el celador se refiere a la administración es fácil concluir que se trata de un poder gubernamental, del ámbito que sea, el que se hace cargo de este plan de reordenamiento del Instituto y de los cambios que previsiblemente afectarán a sus prestaciones. Se ignora, por lo demás, si los servicios de la Casa seguirán siendo gratuitos en tanto los internos cumplan con las condiciones que se les requieran y si está previsto o no que quienes hoy residen en el Instituto lo seguirán haciendo.

La inquietud, las dudas, y la ola de rumores que conmueven entonces la Casa llegan por momentos a hipótesis o a conclusiones inciertas y, en ocasiones, descabelladas. Pero más allá de este lógico o previsible estado de convulsión, las especulaciones se interrumpen o quedan entre paréntesis el día en que se procede a retirar de la vivienda destinada al director del Instituto los efectos personales que pertenecieron al doctor Luque. El procedimiento se lleva a cabo con la supervisión directa del administrador del establecimiento y la ayuda de su asistente en Contaduría. Entonces se labra un acta, se le adjunta un inventario, y en presencia de la madre de Luque y de dos testigos (funciones que recaen en el jefe de Intendencia y en la enfermera Raquel Marino) una cuadrilla de peones externos contratada por la Casa procede a la evacuación efectiva de la vivienda. De esta manera se asiste a la recolección de ropa, productos para la higiene personal, libros y apuntes, un antiguo tocadiscos y una modesta colección de discos de pasta de 78 r.p.m., casi todas viejas grabaciones de óperas y zarzuelas que –se oye decir cuando el aparato y los discos son retirados de la vivienda– Luque jamás escuchaba, dos o tres álbumes propios de un filatelista aficionado e inconstante, y una caja cerrada, de considerables proporciones, en la que se estima que se retiran otros efectos, entre ellos las fotos de carácter reservado que siempre se ha sabido que Luque guardaba en un cajón de su escritorio. Y nada más. Apenas un puñado de cosas, según como se lo considere, que no alcanzan para trazar el retrato de un hombre que ha dirigido el establecimiento durante tantos años, o cuyo retrato, la imagen que proyectan los efectos personales que se retiran, es vago, improbable o simplemente triste, de una tristeza, podría decirse, indescriptible.

Por último, se devuelven a Contaduría expedientes, útiles, presupuestos y otros papeles o documentos de interés interno o administrativo. Y se da por concluido el acto.

25.XI.01

A veces la historia de una vida es el recuerdo insignificante de un idiota que piensa que sus recuerdos son sagrados.

Colonia

La mañana siguiente fue peor, pero no me sorprendió, dice Sofía Garay. Eso es una ventaja, no ser objeto de la sorpresa. Era domingo y no hacía tanto calor. No desayuné en el hotel, no leí los diarios, no le pregunté al conserje si había mensajes para mí. No hice nada de todo eso que en cualquier otro momento hubiera hecho. Me fui a un bar, en la plaza, tomé café con un poco de leche y fumé un par de cigarrillos. Después empecé a caminar y llegué a la Ciudad Vieja. Vi turistas madrugadores y parejas de recién casados que se sacaban fotos. Sentí pena. Sentí una pena enorme. Por mí, en primer lugar. Y aunque no me crea, por Suárez también. Yo ya sabía lo que necesitaba saber. Al mediodía comí un sándwich de queso y unos vasos de Medio y Medio en el Mercado del Puerto. Habían pasado tantos años... Hacía tanto, tanto tiempo que no paseaba por ahí que de a ratos me olvidaba de Suárez y de la furia que me retorcía los nervios. Lo único que tenía que hacer era decidir si me volvía esa misma tarde al Instituto o si me quedaba hasta el lunes, como habíamos planeado. Es decir, me pregunté si me iba o si esperaba que Suárez reapareciera... Él volvería, sin lugar a dudas. Yo lo conozco. Volvería y con dos o tres argumentos inverosímiles trataría de hacerme creer que lo que había pasado no era más que un maldito accidente, una situación inesperada, una obligación que no había tenido más remedio que cumplir. Suárez es un hombre así. Un hombre de ésos. Otro imbécil que juega con las mujeres. Otro farsante que está convencido de que todas las mujeres bailan la misma musiquita de mierda que ellos tocan. Y para pensar mejor, para tomar la mejor decisión, me tomé un taxi hasta la feria de antigüedades de Punta Carretas... Creo que no tenía más de 20 años cuando estuve por última vez, antes de irme de Montevideo... No compré nada, por supuesto, porque no tenía ganas ni plata, pero fue maravilloso recorrer Villa Biarritz, y un poco más tarde, en otro taxi, llegué a Pocitos... Yo nací en Pocitos, así que imagínese. La emoción me hizo llorar. Caminé, caminé, caminé... Vi otra vez la casa de mis padres que ahora es de una familia italiana, y vi la Rambla, la playa, el agua, los bares... Tomé cerveza y volví a fumar. Una Pilsen con maníes, me pedí, sentada en un bar, frente al río, y pensé en Suárez. Ya sabía lo que haría. Montevideo es una ciudad dormida y está bien que sea una ciudad dormida. Nada la sobresalta a una en Montevideo. Nada le corta la respiración, nada le llena el alma de angustia, a una, en una ciudad paciente y dormida. Los recuerdos se mueven en un mar de gelatina y quedan atrapados, no se convierten en fantasmas, en sombras o en dolor. Eso es lo bueno... Pero miento, sé que miento, o que no digo toda la verdad. En otra mesa había un español que le hablaba en inglés a una holandesa. Él tenía 30 o 32 años y ella supongo que 40. Ella lo escuchaba arrobada, ésa es la palabra. Él me pidió que les sacara una foto. Los miré en el visor de la cámara. Ellos sabían que no habían ganado nada. Y eran felices. Entonces pensé que esa ciudad ya no era mía y que yo me estaba portando como a veces se portan los comerciantes o los turistas en las ciudades que no conocen... A la tardecita volví al hotel. Por supuesto, Suárez estaba despatarrado en la cama, con el televisor encendido y una caja con un moño azul a su lado. Era un regalo para mí. Me explicó los inconvenientes con que se había encontrado y por qué no me había llamado por teléfono. Y me preguntó qué había hecho yo, si estaba enojada, y si quería ir a comer al Cabildo esa noche. Hablé lo suficiente como para que se quedara tranquilo. Si todas o casi todas las mujeres son iguales, yo no era más que otra boluda con la cabeza vacía. Una caja y un moño azul lo arreglaban todo. Y no me resistí cuando empezó a toquetearme. Y tampoco me negué a que se me subiese encima, y lo dejé hacer lo que quiso hacer... El lunes fue más fácil. El micro salía a las nueve de la mañana. No había tiempo para casi nada. Entonces nos volvimos..., dice Sofía Garay. Mira los ojos de Balbi que por primera vez, piensa ella, ven algo, y concluye: Perdóneme, pero no quiero seguir hablando. ¿Vamos a escuchar la radio?

8
Verdades eternas

Por eso, a principios del mes de diciembre, se hacen presentes en el Instituto el comisionado Claudio Daminato y el oficial Máximo Torok. Son dos hombres que rondan tal vez los cuarenta años, pero la piel pálida, las ojeras, los trajes grises, las camisas blancas y las corbatas oscuras desatan uno de los rumores que de inmediato comienzan a circular por la Casa: Daminato y Torok son –se dice– dos antiguos jerarcas administrativos, parecen uniformados, y llegan a la Colonia decididos a cumplir con la misión que se les ordenó. Otros signos o detalles contribuyen, sin explicación alguna, a completar un retrato paradójico y absurdo. El oficial Torok tiene un derrame en el ojo izquierdo, una mancha de sangre de la que salen finísimos hilos rojos en los que alguien cree ver no sólo un delta que confluye en una mancha roja y ciega sino también la huella de alguna tendencia sádica o vampírica del funcionario. El comisionado, por su parte, sin ninguna seña particular visible, sería en verdad un frío interventor que viene a poner en orden las cosas de la Casa. El oficial obviamente es su ayudante. El comisionado es un hombre alto, delgado, y los ojos parecen los ojos de un cobayo. El oficial, por su parte, es casi tan alto como su jefe, pero desarbolado y feble cumple con resignación y pereza las funciones que debe cumplir. Las figuras de estos dos hombres se hacen presentes sin previo aviso en el Instituto el lunes 3 de diciembre de 2001. La expectativa que se adueña de algunos internos y que se hace fuerte en el personal que presta servicios en la Colonia no es, en el fondo, más que una delgada curiosidad, un vulgar escepticismo o una inquietud ligada, sobre todo, a la presencia de extraños en ese recinto que ya casi no recibe visitas. Nadie teme por su lugar en la Casa quizá porque en la Casa rige desde hace muchos años la certidumbre de que la burocracia es más poderosa que la necesidad y en consecuencia los cambios que habría que introducir, unos más urgentes que otros, no se producen nunca. El comisionado Daminato y el oficial Torok se instalan el primer día en la Contaduría y pasan revista a toda la información económica y financiera que a pedido del celador se ha producido para cuando llegue este momento.

La segunda jornada se dedica a una lenta y pormenorizada inspección de las instalaciones de la Casa y al mismo tiempo los funcionarios toman contacto con los internos. De esta manera queda demostrado que el trabajo de limpieza realizado por Juana García es irreprochable y el comisionado Daminato hace constar en actas las notorias condiciones de higiene y pulcritud que se observan en los baños de todas las dependencias, tanto en las que ocupan los internos como en las destinadas al personal del Instituto e incluso en las numerosas dependencias desocupadas.

El miércoles a la mañana las autoridades se reúnen a puertas cerradas con Amadeo Cantón y con el administrador de la Casa. Poco después del mediodía el oficial Máximo Torok invita a todo el personal a sumarse a la reunión. Es entonces, se sabe, cuando el comisionado confirma en sus puestos a la totalidad de los empleados con excepción del jefe de Cocina que será reemplazado por un profesional que hasta finales del mes anterior prestó servicios en una dependencia hospitalaria de Piriápolis. A esta plantilla se sumarán cuanto antes un médico, un profesor de gimnasia de quien dependerán también la piscina y un spa de próxima inauguración, un coordinador de actividades y esparcimiento que será responsable a la vez, cuando se la reacondicione, de la biblioteca y de una sala de cine prevista también para un futuro cercano. Y se creará por último un departamento de Maestranza que agrupará a un encargado de mantenimiento general, a un ama de llaves y a un número todavía no determinado de mucamas y empleadas de limpieza pero que no serían, en total, más de cuatro. Este personal, deja constancia en actas el oficial Torok, presta ya también servicios en diversos establecimientos y localidades de la administración, motivo por el cual, a los efectos de la reorganización, no se creará un solo puesto de trabajo a costillas del Estado. Por el contrario, dice, preside esta iniciativa un criterio *funcionalista* en el proyecto y una premisa de redistribución y mejor aprovechamiento de recursos humanos ya disponibles.

En la noche de ese miércoles cálido y brumoso la divulgación de las resoluciones adoptadas logra por primera vez en la semana llamar la atención de los internos. Es evidente, a la luz de estas medidas, dice Suárez en la Cantina, que no se trata de una simple inspección previa al nombramiento de un nuevo director del Instituto. Pero, ¿de qué se trata?

–Usted miente –dice de pronto Sofía Garay.
–No, yo no miento.
–Usted no dice la verdad.
–Bueno... Yo a veces invento historias.
–A Juana García usted le mintió.
–No. Puede ser que no le haya dicho la verdad. Pero eso no es mentir.
–Eso es mentir.
–Bueno, si quiere entenderlo así, yo miento. Usted también miente. Todos mentimos. No hay vida sin mentiras.
–Su padre no ha muerto.
–No.
–Su padre vive en Buenos Aires.
–Sí.
–Usted ha tenido siempre una relación cordial con su padre.
–Sí.
–Su padre fue cirujano.
–Sí.
–Su padre se ha preocupado siempre por usted.
–Sí.
–Su padre le ha pedido autorización para venir a visitarlo.

—Sí.
—Usted le ha pedido que no venga.
—Es verdad.
—¿Por qué?
—No quiero ver a mi padre en este momento.
—¿Por qué?
—No sabría qué decirle.
—Su padre le ha mandado dinero.
—Sí.
—¿Qué ha hecho usted con el dinero?
—No necesito dinero.
—¿Qué ha hecho con ese dinero?
—La verdad es que no sé por qué usted cree que debo responder a estas preguntas. Pero no me importa... Guardo casi todo el dinero que él me hace llegar. No tengo grandes necesidades. Y me he acostumbrado a vivir con lo que hay.
—¿Adónde guarda el dinero, en un banco?
—Los bancos uruguayos muy pronto estarán en crisis, como los bancos argentinos. No. Yo guardo el dinero acá, en la Casa.
—¿No tiene miedo de que se lo roben?
—La verdad es que no. De todas maneras lo tengo escondido.
—¿Por qué le contó a Juana García una historia falsa de su padre?
—Para aliviar su dolor.
—No entiendo.
—Pensé que si Juana García creía que alguien había sufrido tanto o más que ella eso la ayudaría y aliviaría su dolor.
—Su padre es un hombre digno y responsable.

–Sí.
–Y usted, ¿qué es?
–No lo sé.
–Usted, ¿no se considera también un hombre digno y responsable?
–De alguna manera creo que lo soy.
–¿Piensa entonces que es correcto lo que ha hecho?
–No sé si es correcto. Pero no está mal.
–¿Por qué?
–Inventar una historia no es algo censurable.
–¿Quién es usted?
–Eso no tiene importancia.
–¿Qué hace acá?
–Lo mismo que usted.
–¿Qué quiere decir?
–Mato el tiempo.
–¿Qué clase de sentimientos son los suyos?
–No entiendo la pregunta.
–¿Ama a su mujer?
–Sí.
–¿Ama a su hijo?
–No tengo hijos.
–Eric Dillon, ¿no es hijo suyo?
–No.
–¿Ama a su madre?
–Mi madre murió cuando yo tenía 20 años.
–Eso no es verdad.
–Podría serlo…
–¿Ama a su madre?
–Creo que sí.
–¿Qué hace su madre?

—Nada. Tiene Alzheimer.
—¿Por qué resolvió usted venir al Instituto?
—No puedo contestar esa pregunta.
—¿Por qué?
—Porque es demasiado íntima.
—Usted sería capaz de mentirme.
—No, a usted no.
—No le creo.
—Podría inventar una historia para usted.

Sofía Garay se frota con la mano derecha la palma de la mano izquierda y baja la mirada. Balbi enciende un cigarrillo. No sabe si ha hecho bien en decir casi toda la verdad. Se pregunta sin zozobra cómo se ha enterado Sofía Garay de todo lo que ahora sabe sobre él. Pero lo atormenta o le parece humillante, verdaderamente indecoroso, inquietar a su padre, un hombre de 76 años, con sus vaivenes intelectuales y amorosos, con sus disquisiciones estériles y con el vacío de su vida. En este punto, piensa Balbi, si llega el momento en que alguien desea desentenderse de sí mismo y no ha decidido aún dejar de vivir es mucho más saludable la posición de su madre: la enfermedad, el Alzheimer, por ejemplo, que anula la conciencia, que desmonta la fiscalización permanente de la conducta, de los actos y de todas las formas del pensamiento, incluso aquella más secreta, recóndita y escabrosa con la que todo ser humano convive, lo sepa o no.

Balbi se saca los lentes. Sus ojos grises, que miran en lo alto las hojas de las palmeras moviéndose en el aire como las alas serenísimas de un águila volando a baja altura, no ven, piensa Sofía Garay. Con dos dedos él se frota los lagrimales. Luego se pone otra vez los anteojos, enciende otro cigarrillo y piensa que ya está llegando la hora de abandonar nuevamente el tabaco. Entonces pregunta:

–¿Cómo sabe las cosas que me ha preguntado?

–Me las dijo su mujer.

–¿Cuándo habló usted con mi mujer?

–El otro día, cuando vino a visitarlo.

–¿Antes o después de que yo me reuniese con ella?

–Después. La encontré cuando salía de acá. Se iba para el puerto pero le quedaba un poco de tiempo hasta la salida del barco. Tomamos un café en el bar de la Plaza Mayor

–Esa mujer no es mi mujer.

–No entiendo.

–Lo siento. Quiero decir que Catalina Dillon fue mi primera mujer. Estoy separado de ella desde hace muchos años. Hoy mi mujer, mi segunda mujer, se llama Julia Conte.

–Eso ya me lo dijo. Alguna vez me habló de Julia Conte, lo sé. Pero su mujer dice que Julia Conte no existe, Balbi, y que ése es su problema.

–Catalina Dillon está loca.

–Todos los hombres dicen que todas las mujeres estamos locas.

–Si yo pudiera decir que soy lo que no soy por culpa de una mujer todo sería más fácil.

Sofía Garay volvió a sonreír. Si había parecido ofendida o decepcionada en la conversación anterior, en ese interrogatorio sin escrúpulos, ahora el aire de un mar que vuelve al reposo después del vendaval le gana el cuerpo, los movimientos, la mirada en donde ya sólo pervive el rencor que siente por el interno Suárez. Dice:

—Más allá de las fechas, que habría que corregir un poco, la historia de su padre podría ser la historia del padre del interno Suárez.

Balbi ve cómo se esfuma el último rastro de la sonrisa de Sofía Garay, del mismo modo, piensa, obvio y bello, en que el borde de la ola que llega a la playa sin fuerzas se esfuma en la arena.

—Yo podría ser el interno Suárez —dice Balbi.

—No, usted no podría ser Suárez —dice ella—. No sé si eso es mejor o peor. Pero para mí es un alivio.

El cuarto día, es decir el jueves 6 de diciembre, el comisionado Claudio Daminato resuelve que el interno llamado Galván será trasladado a una clínica de rehabilitación de la ciudad de Montevideo y que la interna Pepa Galante será transferida a una institución psiquiátrica. Esta decisión no es bien recibida por la enfermera Raquel Marino, que la considera anticuada y excesiva. Pero el comisionado no cede y consigue, en cambio, a través de una fundamentación pausada y revestida de una coherencia más o menos formal, que la enfermera revoque su oposición. El oficial Torok le comunica al celador que, analizadas en detalle, las evidencias reunidas no son suficientes para demostrar que el Perro Uriarte y Daniel López —el amigo de Walter Ramos, conocido como el Gitano, con quien holgazaneaba en la Carbonería hasta que Luque expulsó a Ramos de la Casa— se dedicaban al robo de objetos personales de otros internos o de bienes, útiles o enseres del Instituto.

Entonces, lee el oficial Torok en el artículo del acta que refleja este punto, quedarán admitidos como internos en la Casa las mujeres Juana García, Sofía Garay, una viejita jubilada de Colonia Suiza y disminuida por el mal de Parkinson de la que sólo se recuerda que se llama Elvira, y las cuatro primas que comparten la dependencia de tres ambientes situada en el segundo patio. Pero en este caso el comisionado decide trasladar a las primas a dos dependencias contiguas y dejar en disponibilidad la única unidad *familiar* con que cuenta el Instituto. En cuanto a los hombres son declarados internos permanentes: Javier Uriarte –más conocido como el Perro Uriarte–, Daniel López, Alejandro Balbi y Luis Miguel Suárez. De modo que Daniel López podrá seguir leyendo la Biblia de Jerusalén, como es su gusto y su costumbre, y hablando de fútbol, ahora con el Perro Uriarte, en la Carbonería y en la Cantina.

A última hora de ese jueves bochornoso en el que los funcionarios trabajan sin los habituales sacos de sus trajes, con las corbatas flojas y los cuellos de las camisas desprendidos, el cielo se cubre de nubarrones que oscurecen el atardecer y un viento inesperado comienza a soplar en ráfagas que sacuden las palmeras, los tilos y los árboles todos de la ciudad, un viento que levanta el polvo de las plazas, la arena de las playas, y enturbia de esta manera el aire que se respira, desdibuja la visión de las cosas y hace que puertas y ventanas se estrellen una y otra vez contra sus marcos en un vaivén interminable y frenético que hace pensar en la locura, dice de pronto el oficial Torok en la reunión que se interrumpe unos minutos para prestar atención a la tormenta que se desata de golpe y la enfermera Raquel Marino se queda mirando al asistente del comisionado

Daminato como si hubiese escuchado la voz de un sabio o de un idiota. Poco después un granizo tupido repiquetea en los techos, en los patios, en las calles de piedra, en la chapa de los autos que han quedado a la intemperie, en los canastos de plástico para residuos que hay en muchas esquinas de la ciudad, en los cristales del frente de la iglesia, en los viejos cañones expuestos junto a los restos de la vieja muralla portuguesa, en las cubiertas de los veleros, lanchas y otras embarcaciones amarradas en el puerto deportivo de la ciudad, que también suben y bajan en el agua del río al ritmo de un oleaje crespo que de todas maneras ingresa al puerto más o menos domesticado por la barrera de los espigones... Quizás es la primera vez en esos días que el comisionado Daminato enciende un cigarrillo o quizás es la primera vez en esos días, piensa la enfermera Raquel Marino, que ella observa que el comisionado Daminato enciende un cigarrillo.

Sea como sea, el funcionario revisa sus carpetas y sus notas y resuelve dar por terminadas las reuniones y comunicaciones del día no sin antes comentar, como si se tratase de una medida casual, de oficio, o de escasa importancia, que a partir del momento en que la reestructuración de la Casa se ponga efectivamente en marcha –los internos sabrán después que el comisionado, ese atardecer tormentoso, ha utilizado la palabra *reestructuración* para definir los cambios que se ha resuelto impulsar en el Instituto– quedarán explícitamente prohibidos el consumo de bebidas alcohólicas, tabaco, estupefacientes y drogas no recetadas exclusivamente por el personal médico de la Casa, así como también se erradicarán de manera tajante los juegos que no sean de salón y las apuestas por dinero, los hechos que perturben la normal convivencia entre las personas, y todas aquellas actividades reñidas con la moral y el sentido del decoro.

Esa noche, en la Cantina, los internos advierten que los preámbulos orquestados a lo largo de cuatro días no pueden sino apuntar a un cambio de proporciones inimaginables que, se ha deslizado, se comunicaría con las decisiones finales de la administración en las primeras horas del día siguiente, viernes 7 de diciembre de 2001.

Juana García rechaza en los interrogatorios todas las imputaciones referidas a los desórdenes en sus relaciones amorosas o en su vida sexual que recaen sobre ella y que han llegado a oídos de los funcionarios. Es más, dice después Juana García, esta gente no anda sólo repitiendo murmuraciones. Tienen, además, un informe por escrito: ella lo ha visto entre las manos del comisionado Daminato, ha visto los ojos de cobayo del interventor saltar de página en página, volver sobre el pasado, dice Juana García, y avanzar nuevamente hacia el futuro, hacia cosas que ellos creen que han sucedido hace años, o hacia cosas que ellos creen, por ejemplo, que han pasado en estos mismos días. Y yo lo he negado, dice Juana García, y no me preocupa nada que me amenacen con careos y testigos porque yo pienso primero que no pueden hacer una cosa así y también porque pienso, en segundo lugar, que nadie debe prestarse a una infamia semejante. No se juega con la vida ni con el dolor de una mujer, dice Juana García, y ellos, me parece, tienen en claro que no se juega y si me amenazan con careos y testigos es para ver si consiguen que yo les diga que sí, que todo es verdad, que no me importa nada de nada, que estoy loca y que para mí las relaciones no quieren decir nada, que yo me porto, como ellos dicen, como un animal del que se abusa todo el mundo... Es verdad que ellos no llegan tan lejos y que no me preguntan si me porto como un animal pero yo sé que eso está escrito ahí, en esos papeles que el interventor revisa una y otra vez, de atrás para adelante y de adelante para atrás, y que ya le gustaría que yo le dijera que sí, que yo tuve relaciones con otra mujer cuando recién llegué a la Colonia o que toleré que un interno me haya obligado a realizar actos incalificables, pero no les voy a dar el gusto, no sólo porque ésa no es la es verdad, sino porque tampoco es justo. ¿Quién puede saber qué hace una mujer con su cuerpo haga lo que haga una mujer con su cuerpo? ¿Quién tiene derecho a juzgar los actos de nadie, hayan sido esos actos reales o no? Por eso, dice Juana García, después el interventor quiso hacerme hablar de las costumbres de Luque y yo entonces le dije que por ese lado iba muerto, porque yo a Luque siempre lo vi de lejos. Nunca supe quién era Luque. Y si alguna vez él estaba en su departamento cuando yo entraba a limpiar era como si en toda su gordura fuera transparente, liviano, sin cuerpo ni alma, porque nunca me dirigió la palabra y porque yo pasaba a través de él como se pasa a través del aire. Así que yo hacía mi trabajo y él no se cruzaba en mi camino, ni me hablaba, ni me rozaba el aliento de su gordura, puesto que la gordura tiene ese aliento agrio y dulce que se huele en el sudor, ¿no? Yo no puedo decir si es verdad que

Luque ejercía su autoridad para hacerse bañar por una interna, yo no puedo decir si la interna señalada entró alguna vez en el departamento de Luque, si vio a Luque desnudo, o si lo bañó. No puedo decir que eso haya sucedido alguna vez y ni siquiera puedo decir que, haya sucedido o no, eso es lo que decían los internos que exigía Luque: hacerse bañar desnudo por una interna. No me consta. Porque a mí la vida de Luque no me pertenecía, como no me pertenece la vida de la interna señalada. Y mucho menos, usted se puede imaginar, dice Juana García, me voy a prestar a contestar preguntas sobre mi pasado, cuando era chica, o cuando tenía quince o no sé cuántos años, y si fue entonces, quería saber el interventor, que el hombre que vivía con mi madre me había violado por primera vez. Así que le pregunté si me podía informar de acuerdo a sus informes si el hombre que vivía con mi madre me había violado más de una vez. Y en ese momento, me parece, dice Juana García, el comisionado Daminato aceptó que iba muerto, porque cerró el expediente, apagó el cigarrillo que estaba fumando, se miró las uñas amarillas y después de un rato en silencio me dijo que bueno, que eso era todo, y que podía retirarme.

Yo veo las lágrimas que en silencio caen por el rostro de Juana García, piensa Balbi, veo sus ojos profundos y desposeídos de toda luz, veo los nudillos blancos de sus manos entrelazadas y las rodillas blancas que se asoman a través de los faldones entreabiertos del guardapolvo, los pies cruzados uno detrás del otro, con las zapatillas chinas y sus tobillos blancos, como si de todos los huesos que le sobresalen en las manos, en las rodillas y en los pies la sangre se hubiese replegado por la tensión de la piel o por la fuerza de los músculos en tensión... Por eso me siento a su lado, en la cama de su dependencia, me inclino hacia ella y le beso el cuello. Juana García cierra los ojos, inclina la cabeza hacia mi cabeza, una de sus manos me acaricia el pelo, se seca las lágrimas con el puño de la otra mano, abre la boca y me dice que no me quiere pero que si me quisiera a lo mejor ya no tendría miedo, pero no lo quiero, dice Juana García, no es que no quiera, es que no puedo, dice, y por eso tengo miedo, tanto miedo, yo le ruego de todos modos que no me deje sola porque no sé qué hacer, el miedo es un tumor, es el mal, es un vértigo, el miedo me lleva donde no quiero ir y me muestra lo que no quiero ver, dice Juana García. Y tiembla. Tiembla y vuelve a llorar. Por eso le toco las piernas, le abro el guardapolvo, le hundo los dedos entre los muslos, subo por el vientre plano y me lleno los dedos con sus pezones duros... Si ella tiene razón nada de todo esto es verdad. Pero si algo, si apenas un instante, si sólo un suspiro de todo esto es verdad yo puedo jurar dos cosas: que Juana García no miente, Juana García tiene tanto miedo como nadie tiene ni ha tenido miedo en este mundo, y que el sexo, para Juana García, no es involuntario, no es enajenado, no es el precio de nada sino la búsqueda de saciarse ahí donde la excitación, la lubricidad y el deseo la vuelven absolutamente penetrable y débil. Entonces sus movimientos se revisten de armonía y exactitud, y encuentra, ella, la posición que le pido, relaja los músculos y permite que mis dedos le humedezcan la oquedad, se deslicen dentro de ella con fluidez o sin tropiezos, busquen en el oscuro y hondo canal el camino que mi sexo continuará a ciegas, la unto con aceite de almendras para que mi sexo entre y salga tantas veces como se proponga romper la resistencia del anillo que a pesar de sus esfuerzos alguna vez querrá cerrarse pero entonces sí será ya tarde, porque Juana García, con la cara hundida en su almohada, una mano aferrada al Veronal que deslicé en su mano y un brazo cubriéndole la cabeza, como si temiese que le pegaran, o que yo le pegue, ya no podrá, ella, de rodillas, los muslos abiertos, la boca del anillo brillante en la luz si me retiro y quedan a la vista sus cavidades ya violadas, porque entro y salgo por arriba y por abajo, según mi deseo, que es el deseo de Juana García, y veo la piel que brilla bajo una película de aceite, la piel que adopta la forma de un diafragma iluminada por la lámpara de la mesa de luz, y quiera o no quiera, ahora, ella o su sexo, no tiene importancia porque cuando me acerque al anillo cerrado, y lo roce apenas, el anillo ligera, imperceptiblemente temblará, y querrá cerrarse o no pero no podrá impedir que vuelva a introducirme a través de él, con dolor o deleite, ¿quién puede saberlo?, en busca del fondo de todos los secretos para que Juana García sepa la verdad y para que nunca, nunca más, tenga miedo, piensa Balbi.

El viernes, por fin, cerca del mediodía, el comisionado Daminato y el oficial Torok convocan al personal y a los internos del Instituto a una reunión en el patio principal, el patio más grande, donde hoy el cielo es un plano desaforado de luz bajo el cual las palmeras y los tilos no mueven ni un pelo. El verano se desmorona sobre la ciudad junto al ancho río y el calor, por primera vez, no es un bochorno ocasional sino una masa húmeda y sofocante que le roba definitivamente el alma al aire y paraliza la respiración de la gente.

Balbi, sentado en un banco poco antes de que la reunión comience, observa que Sofía Garay, con los brazos cruzados y las piernas ligeramente separadas, de pie, bajo el sol, habla en voz baja con Pepa Galante. Y también advierte, Balbi, no sólo que el interno Suárez y la mujer viuda ya no se hablan sino que el interno Suárez toma la precaución de situarse en el otro extremo de un arco virtual que las personas allí convocadas dibujan en el patio, es decir que está, Suárez, más cerca de las parrillas del fondo y se mira los zapatos como quien mira el agua de un oasis tratando de establecer si es real o imaginaria. Por eso es fácil, para Balbi, pensar de pronto que todos ellos, allí reunidos, a la espera de una comunicación que ha logrado finalmente romper la barrera de la indiferencia, todos los que bajo el sol se preguntan por fin qué se trae entre manos la administración, ven ahora salir a los funcionarios de la oficina de Contaduría acompañados por el administrador y por Amadeo Cantón, los ven detenerse bajo la galería y demorarse en un comentario de último momento, todos, incluido él mismo, se dice Balbi, bajo el sol sin misericordia de ese día de diciembre, no son más que un espejismo.

El Perro Uriarte y Daniel López juegan al billar en la Cantina. El paño verde está gastado, raído en los bordes de esa especie de barandilla donde los jugadores se apoyan a veces para calcular la dirección, la fuerza y el efecto con los que le pegarán a una bola que ha quedado casi pegada a uno de los laterales de la mesa o, peor, encajonada en un rincón.

El Perro Uriarte, en este momento, mientras Daniel López hace puntería, le pasa tiza a la punta de su taco de ébano. Es un gesto mecánico pero inútil porque el pequeño tope que corona el taco está gastado y porque en el cubito de tiza celeste ya no hay tiza. Pero el Perro Uriarte dice:

–Le quedó la sangre en el ojo al oficial ése.

Y se oye alguna risa en la Cantina.

Teresita Gorlero sale de atrás del mostrador con una bandeja en la que lleva un plato cubierto por una campana de alpaca, una jarra con agua, un vaso vacío y una copa llena de ensalada de frutas.

–El día que algo cambie en el Instituto yo dejaré de llamarme Teresita –dice, y se va con sus dientes blancos, su caminar mulato, sus aires de princesa de murgas, batucadas y macumbas.

El interno Suárez, en una mesa, mira las carambolas que hace Daniel López, una tras otra, en una seguidilla que parece interminable y con la cual, es obvio, está demoliendo al Perro Uriarte, que deberá pagar la botella de un litro de cerveza que se toman mientras juegan este partido, y de pronto, sin previo aviso, Suárez le dice a Balbi que el otro día se cruzó con su mujer cuando ella llegaba al Instituto...

Colonia

Y el viernes 7 de diciembre de 2001, frente al personal de la Casa y a todos los internos, el comisionado Claudio Daminato acompañado por el oficial Máximo Torok, por el administrador y por Amadeo Cantón, comunica el nuevo destino o las nuevas funciones que la administración ha resuelto fijar para la Colonia teniendo en cuenta los largos años en que la institución quedó a la deriva y sin que nadie se haya ocupado, desde los organismos centrales, de supervisar sus necesidades, funciones y presupuestos, motivo por el cual los resultados de la evaluación realizada en estos días se consideran satisfactorios y el estado de las cuentas ejemplar. A continuación el interventor dedica un largo párrafo de su discurso a honrar la memoria de los últimos directores de la Casa, empezando por el último, recientemente fallecido, el doctor Álvaro Luque, y se remonta después a la larga gestión encabezada, en tiempos más duros y en condiciones presupuestarias más difíciles aún, por el director que precede a Luque, el doctor Emiliano Luque Batlle, que ejerce sus funciones a lo largo de más de veinte años con absoluta dedicación y deponiendo todo interés personal para hacer de la solidaridad una ofrenda invalorable que nadie olvidará... Se refiere, el interventor, como es obvio, a la figura del padre del último director de la Colonia, y se propone, informa, recomendar a las autoridades rebautizar una plaza o una calle del casco histórico de la ciudad con el nombre del padre de Luque. Esto, en cualquier caso, es lo que entiende bajo el cielo plano y ardiente, ahogado de calor y aburrido, el Perro Uriarte, que espera el fin del acto para tomarse una Pilsen en la cantina y jugarse algunas líneas al billar con Daniel López.

Entonces el comisionado Daminato anuncia por último que el Instituto se transformará, en fecha próxima, en un establecimiento abierto al público en general y al turismo en particular, un establecimiento con el acento puesto en la salud, el descanso, la recuperación del stress, y especializado en la cura de la obesidad y el tabaquismo. La Colonia llevará desde ese momento el nombre de *Casa de Reposo y Residencia Gilberto Figueroa*, contará con un sistema de arancelamiento básico para diez internos ya residentes, y serán reacondicionadas veinte dependencias que, como habitaciones para una o dos personas, se destinarán a los huéspedes y gozarán de tarifas promocionales a lo largo de todo el primer año de la reconversión.

Por último, el interventor comunica el nombramiento del ex celador Amadeo Cantón como gerente general de la Casa y se le asigna en carácter de vivienda el departamento ocupado por los ex directores del Instituto.

Amadeo Cantón mira el suelo, mueve la cabeza como si la camisa y la corbata le ajustasen demasiado el cuello, levanta la mirada hacia el cielo ardiente y en seguida contempla a sus compañeros de trabajo y a los internos. Después sonríe. Y el diente de acrílico les recuerda a todos que el celador ya es otro hombre.

Entre los rumores que circulan en la Cantina uno sostiene que el oficial Máximo Torok, impuesto de las versiones y circunstancias referidas a la Casa, visita en la noche del miércoles en su dependencia, con la excusa de un par de preguntas que debía realizarle para completar sus antecedentes, a la interna Pepa Galante y que intenta, en esa visita, el oficial, se insiste, persuadir a la interna de la conveniencia de no ofrecer resistencia y de acceder a los reclamos del funcionario. Y dicen los rumores que no cuenta, el funcionario, con el hecho de que la interna Pepa Galante es, quizá, una mujer entregada a todos los reclamos que su cuerpo le impone pero no por eso es una tilinga sin sesos que no se da cuenta de que ni bien acepte una propuesta semejante sus días en la Casa están contados. De modo que el oficial se retira de la dependencia del tercer patio con el rabo entre las piernas y un malhumor inocultable. Insiste el rumor, además, que es este episodio el que concluye, de todas maneras, con la propuesta de trasladar a Pepa Galante a una institución psiquiátrica, iniciativa terapéutica que el comisionado Daminato suscribe sin objeciones.

Otros rumores le atribuyen la frase a Galván, el Rechazado. Si bien es el Perro Uriarte quien la divulga y no deja de repetirla, se oye que es el episodio frustrado que protagoniza el oficial Torok la noche del miércoles el que inspira al Rechazado, y que es él, Galván, el Rechazado, el que dice por primera vez que Torok se quedó con la sangre en el ojo.

–Prefiero no hablar de eso –le dice Balbi al interno Suárez–. Esa mujer no es mi mujer.
–Pero parecía.
–Usted no cree en las apariencias.

Comen, Suárez y Balbi, una picada de salame y queso, y toman, ellos también, una cerveza.

–Bueno –dice el interno Suárez–. Punto y aparte.

Balbi enciende un cigarrillo, uno de los últimos, se dice, porque ha resuelto dejar de fumar. No sabe cuándo lo hará, pero lo hará. Termina su vaso y la cerveza le deja un hilo blanco sobre el labio superior. Balbi se limpia con una servilleta de papel.

–¿Y usted? –le pregunta al interno Suárez.

–Yo ¿qué?

–No sé. ¿Alguna novedad?

–Sí.

–Cuénteme.

–Le voy a decir una sola cosa, pero con una condición.

–¿Cuál?

–No me pregunte por qué ni nada.

–De acuerdo.

–Me voy, Balbi. Mañana me voy.

–Pensé que se estaba por ir. No sé por qué, pero lo pensé.

–No le voy a decir las verdaderas razones.

El interno Suárez enciende un cigarrillo. Los dos, entonces, fuman en silencio. Cerca de las ventanas que dan al segundo patio y miran al oeste. Después Balbi dice:

–Hace bien. No tiene nada que aclarar. A veces uno piensa que no se puede decir la verdad. Pero quédese tranquilo. No hay verdades. Y mucho menos verdades eternas.

9
La realidad

El mal se instala en el cuerpo como un ejército de ocupación se apodera de un territorio o como un sueño penetra en los sentimientos. Tanto el ejército como el sueño harán estragos, pero sus efectos serán más o menos palpables sólo para quienes queden gobernados por ellos del mismo modo que un lobo o un árbol reciben los golpes del hacha que los matará: el lobo sabrá de inmediato que ha sido herido de muerte; el árbol caerá, talado, sin enterarse del fin. Pero no se trata, como se quiere creer, de una propiedad del conocimiento. Estamos hablando, lisa y llanamente, de una materia gobernada por principios anteriores a la organización del saber en ciencias, por leyes arcaicas libres del espanto o del privilegio de la conciencia.

7.XII.01

Es la única manera de poseer un poco a una ciudad: haber arrastrado por ella los problemas personales, dice Sartre.

El gato vuela o cruza el aire con las garras abiertas lo veo caer y yo se grita o se maúlla ¿qué se hacen los gatos? cagan miedo eso no tiene remedio si se vive todos cagamos miedo porque es joven más fuerte el puto gato un poco salvaje como el puma recién nacido se aprende si se aprende y se me viene encima o caerá en mis piernas cae claro que cae y las garras me clava en los muslos el diablo grita espumea los colmillos afuera los ojos de otro animal de otro lugar de otra cosa porque un puto gato vuela nunca o sea que joden sólo para mí los que joden gente boluda con el fin que sangre me mancha el pantalón en las piernas pero no se suelta todavía y pienso yo pienso: gato que no vuela mata eso de esta manera pienso no se puede con trampas ganar un gato de perfil que cae las uñas clavadas y grita de miedo muerto antes de tiempo como una mala puta gata es lo que tienen o a veces no tienen estos turros animales porque de perfil puedo y antes de que quiera pensar el maricón hecho mierda en miedo lo agarro del cuello mi mano derecha de golpe se le cuela en el cuello negro y los huesos del cuello se estrellan contra mi mano ya no grita pero quiere no puede le queda de pronto la boca sin cerrar le salta espuma y sangre le veo los colmillos y el terror por eso no se mira no se paran los ojos de Galván en los dientes de mierda del gatito porque el gatito se sacude se estira en el aire huele la muerte que le ajusta el cuello huesos le rompe ronca ronquidos de gato de mierda casi en la puerta de la muerte retorciéndose en el aire como una goma el elástico del negro gato carbonero y puto se prende del brazo de Galván mi brazo con las patas de atrás hijo de puta de mil putas gatas como todas las gatas me clava las uñas de las últimas patas retorcido en el aire me arranca piel o piel y carne o carne y sangre de mi brazo el brazo que le rompe el cuello lo ahoga lo escupe de sangre vómitos y otras cosas que le salen como se le sale pierde o carece ahora de toda fuerza de todo mal gato de nada flojo se afloja negro que muere cuelga no yace gato la vida se pudre en tu infierno.

La enfermera Raquel Marino es la primera que llega, la enfermera Raquel Marino que supo cocinar para Luque cuando Luque ya rechaza la comida de la Cantina porque está convencido de que alguien en la Cantina es un asesino, envenenador, nadie puede decirlo y él menos que nadie si no sabe el nombre y no tiene pruebas y no conoce el motivo por el cual alguien quiere la muerte del viejo doctor Fantini en el año 1997. Ella, la enfermera de la Casa, es la primera que llega y comprueba que el cuerpo ya no respira, ella ya no respira, dice la enfermera Raquel Marino, y un nudo le cierra la garganta. Es así. Se dijo alguna vez que si Luque ha mirado a una mujer en toda su vida esa mujer ha sido la enfermera a quien le ordena que le sirva la comida de los enfermos (aun cuando no haya enfermos en el Instituto, es decir, que se cocine como si los hubiera y que ese alimento sano le sea servido por Raquel Marino en su departamento de director del Instituto). Pero nunca se supo nada más que eso. Un trascendido. Un rumor. Un invento de alguien que no tenía ese día o esa noche nada en qué pensar. Maldicientes de la vida que viven de las vidas ajenas. Sin embargo la teoría de Luque no quedó en ese punto. El ex director detestaba las teorías a medio hacer. Por eso se cuenta que le cuenta a la enfermera Raquel Marino, cuatro meses después de la muerte del médico de la Casa, que el doctor Sergio Fantini, nacido en Montevideo, 72 años, un hombre bueno, tal como se dice, un hombre sin enemigos, muerto según el dictamen de un forense de Colonia como consecuencia de un paro cardíaco, no muere de un paro cardíaco sino porque la encargada del cuidado doméstico de las dependencias del viejo médico le enrareció la última cena. Ésta es la conclusión de Luque y de esta conclusión ya no lo mueve nada ni nadie. Pero sospecha, en cualquier caso, el ex director, que producirle así la muerte a Fantini no puede hacerse, no puede hacerlo esa mujer sin la colaboración de alguien que trabaje en la Cocina del establecimiento. Esta idea persigue a Luque hasta el fin de sus días, que se produce de un paro cardíaco, según el mismo forense que diagnosticó el motivo de la muerte del doctor Fantini, después de una ingesta desmesurada en la casa de su madre.

Colonia

Desde ahora todo será diferente, piensa Balbi, y la congoja es un dolor en el pecho, un tumor en el cerebro, una pérdida de fuerzas y de discernimiento que lo deja inerme y expuesto en esa playa desierta, mientras caminan por un senderito alrededor de la cantera, del foso inundado, enorme, con sus paredes de piedra y sus aguas oscuras, eso es todo lo que ha quedado de la antigua cantera, eso, dicen, y una casilla sepultada por las aguas en el fondo del foso, una casilla a la que llegan a veces los nadadores intrépidos, los muchachos que se atreven a hundirse en la oscuridad y a bucear en busca del fondo, en busca de la casilla sepultada bajo las aguas: por ese senderito que han hecho de tanto pasar por allí los chicos del pueblo que van a jugar a la cantera, los turistas a quienes alguien les ha contado la historia de la cantera abandonada y la leyenda del monstruo que ahora vive en los restos de la casilla bajo las aguas como en un nido, por allí caminan ellos, él y Julia Conte, esa tarde de tanto calor en la playa de Ferrando, es una ingenuidad, piensa Balbi, o un chiste de estudiantes, o una astucia de lugareños, trasladar el lago Ness de Escocia al Uruguay, crear una módica versión rioplatense del lago Ness, pero el paseo bajo los árboles altos y en la soledad de la tarde en la cantera bien vale la pena más allá de las leyendas y de la realidad porque todo, ahora, piensa Balbi, por fin, será diferente, o existe, al menos, la posibilidad de que sea diferente. Eso, en todo caso, piensa Balbi. El sendero es, según los tramos, muy estrecho, y ahora Julia Conte camina delante de Balbi, no hace falta conocer el itinerario que previsiblemente es circular o da la vuelta a la cantera, sea cual sea la forma de la cantera, siempre se puede pensar en un círculo en la medida que una vez trazado, el camino o el círculo, se regresa al sitio del cual se ha partido, otra disquisición estúpida, se lamenta Balbi, otra idea inútil, pero qué bueno es tener ideas inútiles esta tarde de tanto, tanto calor, junto al río, junto a las aguas oscuras, ahora, desiertas y frescas de la cantera inundada, mientras ella encabeza la marcha y él la sigue con esa naturalidad con la cual pasean los amantes, los amigos, quienes se tienen confianza o se quieren, es igual, no importa el rango de los lazos, lo único que importa es que existe entre quien va al frente y quien lo sigue una relación de una confianza delicada y completa, no hay en este acuerdo mínimo el menor indicio de recelo, de incomodidad o de miedo. Es, en esta tarde de calor desolador, la chance de estar, otra vez, juntos. Y eso es casi todo.

Esa noche, Juana García le pide al interno Suárez que la acompañe hasta la casa de su madre. El interno Suárez le dice a Juana García que no puede acompañarla porque tiene otras cosas que hacer. Y le dice que hable con el interno Balbi. El interno Balbi, le dice Suárez a Juana García, es la persona indicada. Pero Juana García le dice al interno Suárez que tiene miedo y que no puede esperar un minuto más... Así son las cosas, piensa el celador. Pero no se lo dice a nadie. Amadeo Cantón, siempre entregado a las confusiones o a la claridad del silencio, habla menos que nunca en estos días... Desde la muerte de Luque el celador se ha vuelto un hombre mudo, o, mejor dicho, un hombre sin palabras.

Colonia

El Perro Uriarte y Daniel López, una tarde, en la Carbonería, se han preguntado que haría Galván, el Rechazado, si de pronto le cayera encima el gato que merodea entre las bolsas y duerme a veces en lo alto de una pila de bolsas de arpillera, la misma pila donde los hombres se tumban, de tarde en tarde, para fumar y hablar de fútbol y de mujeres. Alguien ha observado que a Galván ya casi no se le nota que un puma, en la selva o en el monte llamados el Impenetrable, le ha destrozado un pie antes de que Galván consiguiera matarlo con un machete. El Perro Uriarte cree que el Rechazado se sacará de encima al gato como quien se saca de encima algo insignificante. Y Daniel López cree que no, que el Rechazado hará otra cosa. Por eso estos dos hombres apuestan. Y cuando todo ha terminado Daniel López dice: Gané. Pero no es seguro que haya ganado, eso no fue sacarse de encima una mota de polvo, discuten los internos. Etcétera.

11.XII.01
Todo acto feroz procede de la debilidad.

La enfermera Raquel Marino, el celador y el médico forense se ocupan de todo. De modo que pocas horas después los papeles están en orden, el certificado de defunción ha sido depositado por fin en los archivos administrativos de la Casa, y la empresa funeraria traslada el cuerpo en un furgón con cristales oscuros, a las tres de la tarde de un día incomprensible, bajo el sol que ablanda el asfalto y borra las sombras. De modo que apenas un par de horas después la capilla ardiente ya está montada, llegan las primeras flores, el olor de los cirios comienza a impregnar el aire como la respiración de un tumor, y en el féretro que ocupa el centro del recinto el cuerpo de Juana García queda expuesto como una ofrenda de la oscuridad de la vida a las entrañas de lo irrazonable, a las fauces de la ingratitud y la perversión, a los rescoldos del infierno que empujan a los inocentes al abismo del pánico. Nadie podrá explicar jamás la muerte de Juana García. Y si es verdad, como se oye, que se quitó la vida, dice el interno Suárez (y es una de las pocas cosas que dice antes de marcharse para siempre), lo hizo porque ya no toleraba el miedo, porque el miedo, dice Suárez, es peor que el dolor físico: el miedo es el dolor más fuerte, un dolor invencible, que no tiene motivo ni lugar. El miedo no duele en un brazo, en la cabeza o en el vientre. El miedo duele donde todos estamos lastimados. El miedo duele en el corazón, duele de una manera tal, y con una intensidad tan feroz, que nos destroza el alma.

Eso dice el interno Suárez. Balbi lo escucha en silencio, con lágrimas en los ojos, y después lo ve marcharse, a Suárez, como quien elige el camino equivocado para tratar de sortear la próxima desgracia.

Colonia

Todo puede ser diferente, piensa Balbi, y mira los patos que vuelan en un cielo bajo, ese verano, cuando él y su mujer regresan a la playa después de caminar hasta la cantera abandonada, se sientan en la arena, Julia Conte apoya la espalda en las piernas de Balbi, se pone los lentes que usa para leer, se pone el sombrero, hunde los pies en la arena y en seguida se olvida de todo, piensa Balbi, se deja llevar por las peripecias que atraviesan los personajes del libro que lee, por las ideas del narrador, por la representación de un mundo lejano y sin embargo tan cerca de ella, sentada allí, en esa playita uruguaya, a cincuenta kilómetros de Buenos Aires, y tan cerca de él, a sus espaldas, que calla y fuma y piensa en Marcos, cree Julia Conte cuando de a ratos, imperceptiblemente en un primer movimiento, el estremecimiento de la realidad regresa fugaz a sus ideas y en seguida se disuelve en la ficción, en ese mundo de otro mundo pero que es el mundo que les pertenece, porque no hay historia que no sea común a todos nosotros, piensa Julia Conte, mientras Balbi piensa en Marcos, se mortifica con la idea de que Marcos es el amante de su mujer, se mortifica con la idea de que Marcos es otro hombre en la vida de ella y se pregunta, cree Julia Conte, Balbi se pregunta si Marcos sabrá exactamente qué espera ella de él cuando se sumerge en el silencio, en la distancia, en ella misma como si ella fuese un foso, su propio cautiverio, la esencia de lo que no puede decirse o no puede reclamarse porque carece de palabras, de nombre propio, de definición. Una vida no es más que la fuga de ese foso, y no hay nada definitivo, piensa Balbi, y contempla los patos en el cielo y las olitas insignificantes de un río que se mueve con la pereza de una masa que es incapaz de detenerse pero que tampoco tiene la energía necesaria para avanzar hacia el fin de su cauce. Julia Conte es una mujer de huesos firmes y largos, de pelo oscuro, mirada clara, y dueña de una belleza tan serena como indescriptible, un don, por así decirlo, que llama la atención de los hombres y por eso, ella, en la playa, sólo toma sol y nada en el río en las primeras horas de la mañana, cuando no hay nadie, mientras Balbi lee un diario de Buenos Aires del día anterior, y después, cuando aparecen los primeros turistas, ella se cubre con una camisa, con un sombrero, busca en el bolso los anteojos y comienza a leer. A Julia Conte le gusta leer historias en la playa, ficciones, novelas o relatos, le gusta dejarse llevar por la peripecias o las aventuras de sus personajes, y así se retira o parece retirarse del mundo, se interna en una red de sentimientos en la que encuentra la vibración de lo real con una intensidad que a veces, ha dicho en una ocasión, no encuentra más que en la urdimbre de una trama novelesca... Por eso, piensa Balbi, todavía pueden, ellos, recuperar la plenitud del amor, la ilusión de los días felices, y acaricia levemente el pelo de su mujer, siente como un premio el peso del cuerpo de Julia Conte respaldado contra sus piernas, en la playa de Ferrando, y sabe, lo sabe como si ella misma se lo hubiese confesado, que Marcos, el amante de su mujer, no se ha preguntado nunca qué es una mujer, tal vez no se ha preguntado nunca qué es el amor y hace del amor, antes que nada, un hecho, una práctica, un ejercicio, como si el amor

Colonia

fuese algo material, y borra, logra borrar, piensa Balbi mientras Julia Conte deja sobre la arena un libro de Faulkner, las interrogaciones, las especulaciones intelectuales en torno del amor y se convierte, precisamente por eso, en un amante perfecto. Ya no hay patos que crucen el cielo, sobre el río, y la tarde comienza una lenta declinación, el aire que sopla del oeste es más fresco y la arena pierde lentamente el calor que acumuló a lo largo del día. Pero un amante perfecto es muchas veces el reverso, la fantasía o la idea suelta que sostiene, de este lado de la ficción, al amor verdadero. El sol ya toca el horizonte cuando Julia Conte y Balbi vuelven al auto y regresan a Colonia.

Hablamos, dice Sofía Garay, porque creemos que si hablamos podremos por fin entender algo, inventar algo cierto de nosotros, saber qué queremos, qué esperamos... O lo hacemos con la esperanza de que alguien le encuentre a nuestras palabras lo que no podemos entender, que alguien encuentre el sentido de una vida, y para que el sentido de la vida sea el motivo por el cual alguien nos quiere.

Balbi no dice nada.

Balbi no puede hablar, no podría hacerlo aun cuando supiese que si lo hiciera alguien podría entender el sentido de su vida y enamorarse de él.

Esta noche no están con ellos, sentados en el banco de la Costanera, ni el interno Suárez ni Juana García.

Las ausencias, las desapariciones, las muertes marcan el paso del tiempo, el alma, a veces se incrustan en el cuerpo con la crueldad de una herida incurable. Pero no explican nada. Como un sello definitivo, como lacre de hierro, como el silencio, las ausencias, las desapariciones, las muertes borran el sentido, petrifican los secretos y crean un vacío que no es tal porque ese vacío será para siempre la forma inconquistable de quien ya no está.

Enfrente, sobre el río, contra el cielo de las primeras horas de la noche, se reflejan las luces de Buenos Aires. Se trata, para Balbi, hoy, de una visión intolerable.

Los primeros problemas con los que el celador tropieza en sus nuevas funciones eran previsibles. Las cuatro mujeres alojadas en la dependencia más grande de la casa, una unidad *familiar* de tres ambientes y dos baños, se niegan a trasladarse a dos dependencias vecinas. Ellas hacen valer su antigüedad en el Instituto, sus conductas irreprochables, y también las donaciones que en otro tiempo la familia de estas cuatro primas depositaron en las cuentas de la Fundación de la que desde sus orígenes y durante largos años dependía el Instituto como la más distinguida de sus obras. En segundo lugar, Amadeo Cantón debe enfrentarse con el primer acontecimiento que con carácter de escándalo cae en sus flamantes manos de gerente general. Amadeo Cantón escucha el informe del auxiliar administrativo al que ha decidido convocar para que lo ayude en sus tareas con la promesa de un reconocimiento de su esfuerzo y lealtad que el celador piensa transformar en un módico plus mensual en concepto de horas extras sumado al salario de su empleado. Por eso ahora Amadeo Cantón se pone en pie, abandona el escritorio y mira el patio del Instituto desde la ventana de su despacho. Se pasa, mientras piensa, un dedo por la coronilla en la que el pelo no deja de ralear y se pregunta, es probable, qué hubiera hecho Luque en su lugar. No podría jamás, desde luego, parecerse físicamente al ex director, ni siquiera aumentando 40 kilos, pero sus vacilaciones son las mismas, o él las imita a la perfección. Por eso le dice al auxiliar administrativo, llamado José María Iglesias, que lo acompañe hasta la dependencia que ocupa la interna Pepa Galante. El celador, a pesar de todo, ya no soporta el dolor de los otros.

El interno Suárez se marcha. Balbi mira el traje de lino azul que se ha puesto para el viaje, la camisa blanca con el cuello abierto, los mocasines negros, la antigua valija de cuero que sostiene con la mano derecha... Todo es impecable en él, y antiguo, como si fuese un hombre de otra época.

–No es mucho lo que puedo decir –dice el interno Suárez.

–No importa –dice Balbi–. Le agradezco que haya venido a despedirse. Las cosas cambiarán mucho ahora.

–Nada cambia mucho en estos días.

–Quiero que sepa que usted ha sido un buen amigo para mí.

–Es bueno saberlo. Usted también.

Balbi deja sobre la mesa un libro de Faulkner, se saca los lentes, se pone en pie, se acerca al interno Suárez y le da la mano.

–No me haga preguntas –dice Suárez.
–Eso ya me lo pidió.
–Es lo único que le pido. Eso y que no piense mal de mí.
–No voy a pensar mal. No voy a pensar nada. ¿Quién soy yo para pensar mal de usted, Suárez?
–Un amigo.
–Yo no pienso.

Suárez sonríe y sale de la dependencia. Se detiene un instante en la galería y agrega:

–Ya no tengo nada que hacer acá.

Después se aleja, con su ropa y su aire de otro tiempo, la mano izquierda en el bolsillo del pantalón de lino, la vieja valija de cuero, sin duda liviana, colgando de la mano derecha, y mira las palmeras, los tilos, el cielo del Instituto en la cálida noche de diciembre.

10

El cielo

Son palabras, es lo único que tengo.
SAMUEL BECKETT

Tabaré Noriega es un hombre joven, de piel oscura y ojos verdes, demasiado parco, intolerante y moderadamente vanidoso. Pero es también un hombre paciente, persuasivo y pragmático. Llega al Instituto quince días después de la visita realizada por el comisionado Claudio Daminato y por el oficial Máximo Torok. Y de hecho su llegada es el único de todos los anuncios que hasta el día de hoy se ha cumplido. En rigor, también se ha implementado la designación de Amadeo Cantón, quien se ha hecho cargo de la gerencia general de la Casa y se ha radicado en la vivienda destinada hasta la muerte de Luque a los directores del Instituto. Y, por su parte, Amadeo Cantón hará cumplir la resolución de que las cuatro primas del tercer patio deberán abandonar la única dependencia *familiar* de la Colonia y trasladarse a dos dependencias contiguas. Pero más allá de las escasas iniciativas que ha logrado poner en marcha o hacer cumplir el celador los cambios anunciados por el comisionado y su ayudante todavía no se han realizado. La excepción, por eso, es la llegada de Tabaré Noriega, una mañana sofocante y lluviosa, en la que se hace presente con su escaso equipaje, sus pocas palabras y su convicción de que ha llegado a destino. Tabaré Noriega es el médico designado para reemplazar al doctor Sergio Fantini, muerto hace ya cuatro años. Noriega, entonces, como se le conoce desde el primer día, se hace cargo sin estridencias del Servicio de Salud del Instituto. Nunca se le llamará doctor, como no se llamó nunca doctor a Luque, ni se llama hoy gerente a Amadeo Cantón, quien por el contrario sigue siendo para todo el mundo el celador. Costumbre, ésta del reconocimiento de títulos y funciones, que es incorregible en un pueblo chico, piensa el celador, y con mayor evidencia en el Instituto. Pero no está dispuesto a discutir este asunto con Noriega quien, por lo demás, nunca se referirá a la cuestión y estos dos hombres se llamarán para uno y para el otro, y para siempre, Noriega y el celador. Sin embargo, este pequeño dilema institucional no le impide al médico recién llegado poner manos a la obra de inmediato. Deja sus cosas en la dependencia correspondiente y en seguida se reúne a solas, por espacio de una hora y media, con el celador. Luego, ya en las instalaciones del Servicio, hace lo propio, pero en reuniones más breves, primero con los dos enfermeros y por último con Raquel Marino. De cada una de estas tres reuniones Noriega extrae sus conclusiones, completa una idea inicial de la situación con la que se encuentra, y le ordena a Raquel Marino que haga saber que el día siguiente, a partir de las ocho de la mañana, comenzarán las revisiones médicas de todos los internos y de todo el personal empleado en la Casa. Después se encierra en la oficina y consultorio destinada al jefe del Servicio y dedica el resto de la tarde a revisar todos los archivos. Por último, ese primer día, Noriega cena temprano en la Cantina y se retira a su dependencia, donde se dedica a leer durante dos horas una novela de León Tolstoi.

El celador, por su parte, no puede y no está dispuesto a perder las primeras batallas que se le presentan y decide actuar de inmediato en relación a un escándalo protagonizado por Pepa Galante, por un lado, y por otro hacer cumplir inflexiblemente la debida desocupación de la dependencia *familiar* del Instituto y trasladar a las cuatro primas a dos dependencias ya acondicionadas y listas para albergarlas. Pero ignora, el celador, que en el ejercicio del poder y la política, y en la subordinación al orden establecido, los hombres tropiezan a veces con sus propias limitaciones y tampoco sabe, todavía, que cuando esto sucede el costo político de los errores suele recaer sobre la obediencia y quien la impone como un peso demoledor o como una maldición. Pero esa tarde se dirige con paso firme por las galerías rumbo a la dependencia de Pepa Galante. Lo precede el auxiliar José María Iglesias. Hace calor, y los dos hombres, en mangas de camisa, no se proponen ocultar las aureolas de sudor. Amadeo Cantón se pregunta cómo se hubiera enfrentado Luque con Pepa Galante y echa de menos (no puede pensarlo con otras palabras) el resoplido de su ex jefe y el retumbar de sus pasos en la sombra de las galerías. Entonces, como si el recuerdo de Luque lo hubiese tocado con la forma de una revelación resuelve, de pronto, el celador, los caminos a seguir en los dos conflictos. Por eso le dice a su auxiliar que ha cambiado de idea, que no irá a la dependencia de la interna Pepa Galante y que lo acompañe en cambio a presentarse ante las cuatro primas. Iglesias es un joven que carece de curiosidad, de modo que no hace ninguna pregunta y sigue caminando puesto que el rumbo es el mismo. Poco después, en la dependencia *familiar* que ocupan las cuatro primas asiste, el auxiliar, a un breve diálogo que reviste, mejor, el carácter de una comunicación: el celador convoca a las cuatro primas, dirigiéndose exclusivamente a la mayor, a una reunión en su oficina, reunión que tendrá lugar el día siguiente a las diez de la mañana y en la que estarán presentes, además de las cuatro primas y él mismo, el administrador de la Casa y Liborio, el jefe de Intendencia. Cuando se retiran de la unidad *familiar* sin que ninguna de las cuatro primas haya logrado salir de su estupor y articular alguna resistencia, el celador le dice al auxiliar que él ahora regresa a su oficina y que Iglesias se dirija a la dependencia de Pepa Galante y la convoque a una reunión con el celador el día siguiente a las tres de la tarde. Iglesias parpadea pero lo hace sin sorpresa y sin ideas: es la expresión, apenas, de quien comprende que su jefe ha cambiado de planes y que ha resuelto no hacerse presente en la dependencia de la interna Galante. Los dos hombres se separan, el auxiliar cruza el tercer patio y Amadeo Cantón vuelve, con el ánimo sereno y orgulloso, podría decirse, de sí mismo, a su departamento.

Colonia

Esa tarde, poco antes del anochecer, Balbi relee el Reglamento Interno de la Casa fechado en 1921. Tiene en su poder dos ejemplares del librito que, como es obvio, no sirve para nada desde hace muchos años. De todas maneras, Balbi piensa que si sus disposiciones se hubieran cumplido, aunque hubiese sido sólo en parte, las cosas, quizá, habrían marchado mejor para todos... Pero poco y nada puede hacerse ante lo que inexorablemente será inútil. Él mismo, lo sabe, acaba de escribir un par de líneas en el último cuaderno que le queda. Balbi escribió una frase que le atribuye a Sartre: otra frase, puesto que no es la primera vez que escribe en esos cuadernos palabras que le atribuye a Sartre. En cualquier caso lo hace y en cualquier caso tiene presente todo el tiempo la inutilidad de hacerlo.

Cuando la conocí Catalina Dillon tenía 25 años y yo 21. Ella estaba embarazada, estudiaba Medicina, y vivía en la calle Maure, cerca de Cabildo. Ese mismo año nació su hijo, Eric. Fue en 1975. Ella nunca me lo dijo pero yo creo que sabía quién era el padre... Yo viví tres años con Catalina Dillon, mientras estudiaba sociología. Ella comenzó a decir que nos habíamos casado y que Eric era hijo mío. Al principio escucharla me hacía gracia. Nada me responsabilizaba de manera definitiva con ella ni con su hijo, y yo quería ser un tipo independiente. Con los años supe que había cometido un error... Eric cumplió 16 años en 1991. Tocaba la guitarra, tenía una grupo de rock, idolatraba la memoria de Luca Prodan, y se inyectaba heroína. Eso fue lo que hizo de su vida. Y llegó hasta ahí. En agosto de ese año Eric murió de una sobredosis en la casa de uno de sus amigos que vivía en El Palomar... Nunca escribió nada, nunca grabó un disco, nunca dijo algo que yo pudiese recordar... Era un muchacho fuera de sí... Dos años después, en un congreso, conocí a Julia Conte. Julia recién volvía de una residencia en Nueva York. Había trabajado en la Universidad de Columbia con Eric Kandel, un médico que ganó el Premio Nobel el año pasado... Julia Conte y yo nos casamos en la primavera de 1993... Catalina Dillon no quiere aceptarlo. Ella piensa que es una fábula o una mentira para sacármela de encima. El problema es que a veces alguien le cree..., dice Balbi. Se frota con suavidad los lagrimales, enciende un cigarrillo con un viejo encendedor a bencina y ya no agrega una sola palabra.

Cuando vuelve a su dependencia, esa misma noche, el interno Alejandro Balbi destruye los últimos cuadernos, destruye los dos ejemplares del Reglamento Interno de la Casa que encontró una vez junto a una de las parrillas, destruye un libro de Faulkner y otro de Sartre, pone todo en una bolsa de plástico negro –una de esas bolsas que usaba Juana García cuando limpiaba el Instituto–, deja caer también su pluma, sin ceremonias, cierra la bolsa, sale a la calle, llega a la avenida General Flores, busca un recipiente para residuos en la plaza 25 de Agosto y sumerge allí la bolsa. En seguida regresa al Instituto. Se ha sacado un peso de encima, piensa, y por supuesto se siente aliviado.

19.XII.01
El turista es un hombre resentido: mata, dice Sartre.

Tabaré Noriega comienza a trabajar a las siete de la mañana. Lo primero que hace es una suerte de reconocimiento informal de la farmacia de la Casa donde encuentra un provisión aceptable de analgésicos, antiinflamatorios, antibióticos, vacunas, barbitúricos, miorrelajantes y otros medicamentos así como jeringas descartables, alcohol, gasas, algodón y desinfectantes en cantidades previsiblemente lógicas. Después hace un recuento del instrumental que encuentra en su consultorio y por último se sienta en el sillón de madera, frente al escritorio, enciende un cigarrillo y contempla a través de las rejas de la ventana el fulgor de la luz del verano que ya blanquea el patio. No llueve y las nubes se abren.

Cuando a las ocho de la mañana Noriega atiende al primer interno ha hecho desaparecer los restos de sus cigarrillos, se ha lavado las manos y los dientes, ha desodorizado el ambiente y sonríe con la parquedad y la escasa simpatía que serán los rasgos más destacados desde un primer momento tanto para los internos como para el personal del Instituto. Noriega usa un guardapolvo blanco, un pantalón gris y zapatos marrones. Un estetoscopio le cuelga del cuello y una par de anteojos descansan en la punta de su nariz recta y delgada.

Desde entonces, y a lo largo de todo el día, Noriega no interrumpe su trabajo. Revisa extensamente a cada uno de los internos después de dialogar con ellos, de interrogarlos sobre enfermedades, operaciones o males de cualquier índole padecidos en el pasado o en el presente. A todos les toma la presión, los pesa en una balanza con dos pesas desplazables sobre guías móviles o flotantes, horizontales y paralelas, una para los kilos y otra para los gramos, anota la altura y todos los datos obtenidos en hojas que archivará en legajos clínicos, así llama Noriega a las carpetas que ya forman una pila sobre su escritorio y que luego serán archivadas en un mueble metálico. Les prescribe, Noriega, a todos los internos, una ayuno de diez horas que deberán realizar esa noche y los cita para el día siguiente con el fin de que entreguen un recipiente de plástico con la primera orina de la mañana y para que en la enfermería les saquen sangre para el análisis necesario. También les informa que se les tomará una radiografía de tórax en una unidad móvil de rayos que ha contratado en una clínica de la ciudad y que se estacionará, en el vehículo que la transporta, frente a la Casa.

A continuación de los internos les llega el turno a los empleados y con ellos repite, Noriega, sus rutinas de revisión, aplicando en cada caso, sin distinción alguna, el mismo paciente esmero, la misma curiosidad y eficacia clínicas que harán de él, con el transcurso del tiempo, uno de esos personajes que crecen sobre el recuerdo de sus antecesores y que terminan por instalar la idea de que más allá de los dones personales el médico más idóneo que ha tenido la Casa es este hombre joven, moreno, realista, a veces simpático y a veces intolerante pero que es, como quedará demostrado y eso es lo que se dirá de él en la ciudad entera, el clínico más eminente que ha pisado las piedras de Colonia.

El celador le ha pedido a Noriega que su revisión sea la última y Noriega cumple con este deseo del celador. De modo que ya avanzada la tarde un enfermero se presenta en las dependencias del gerente del Instituto y le informa que ha llegado su hora.

Poco después, sentado en la camilla, con el torso desnudo, y mientras Noriega lo ausculta, el celador le pregunta si las cuatro primas que ocupan todavía la unidad *familiar* del tercer patio habían cumplido con la revisión y el médico le dice que sí, que las cuatro se han presentado en la mañana a la hora en que las había convocado. El celador no le dice, desde luego, a Noriega que la revisión ha sido la excusa perfecta para que las cuatro primas no cumplieran con la citación que él les había comunicado personalmente el día anterior. El celador siente que la ira, de pronto, le estrangula el estómago pero hace un esfuerzo y se domina, levanta la mirada y se ve en un espejo que cuelga de la pared, frente a la camilla: se ve tal cual es, un hombre flaco, de piel pálida, con la cara señalada por la viruela y los ojos enmarcados por las aureolas oscuras de un par de ojeras imborrables. Noriega le pregunta entonces qué come habitualmente. La pregunta toma de sorpresa al celador que primero abre la boca, luego la cierra, en seguida le pregunta a Noriega si se refiere a lo que come todos los días y el médico le dice que sí, que a eso se refiere, y entonces el celador balbucea primero algunas palabras que no alcanzan a escucharse y por último dice: "Tortillas".

Cuando por fin el celador se retira del Servicio de Salud el médico cierra con llave la puerta del consultorio, se sienta en el sillón de madera, cruza los pies sobre el escritorio y enciende un cigarrillo. Se da cuenta o sabe que no ha probado bocado en todo el día. Está cansado. Y su trabajo, en el fondo, no le gusta. Pero nunca dejará de hacerlo.

Muy pronto, apenas hayan transcurrido dos o tres semanas, comenzará a circular el rumor de que la enfermera Raquel Marino y Tabaré Noriega han entablado una relación sentimental intensa y secreta.

Esa misma noche, sentada en un banco del patio, frente a su dependencia, Sofía Garay se alisa la falda con las palmas de las manos. Hace calor. La noche sin luna es estrellada y contra ese cielo profundamente oscuro las hojas de las palmeras se mecen con la suavidad de un aire tibio y dulce que viene del río. En un par de ocasiones Sofía Garay está a punto de decir algo y las dos veces calla. Balbi contempla el perfil de esa mujer que nunca mostrará su abatimiento o su tristeza, un mechón de pelo rubio que cae sobre su cara, el perfil duro y bello de Sofía Garay, que tal vez haya soñado alguna vez ser una mujer italiana como su madre, haber nacido en Padua o en Vincenza, por ejemplo, en el norte de Italia, y vivir entre murallas y palacios en ruinas, en el corazón de los mercados callejeros, en el deleite de los quesos y los vinos, cerca del mar y cerca de las montañas, ser otra, en definitiva, piensa Balbi, allá o acá, de eso en realidad quizá se trata para ella, para el dolor que hoy le cruza el cuerpo, le marca la mirada con la dureza de quien no se rinde, de quien no cede, de quien no se entregará a la desilusión ni siquiera en el momento mismo en que la desilusión aniquile su vida, si es que esto sucede, porque Sofía Garay, el alma de Sofía Garay, está hecha de otra materia, su vida es un ejemplo de entereza en un mundo donde ya las vidas ejemplares no le importan a nadie, donde tal vez ya no existan, y si existen es porque perviven en las sombras inspiradas por la gracia del silencio, de la ausencia o de lo anónimo.

–Pensaba –dice entonces Sofía Garay–, hoy, en Suárez. Pensé mucho en él. Y en mí. Yo sé que es difícil decir bien lo que quiero decir y es difícil a lo mejor entenderlo. Pero es así: pensaba que lo que pasó entre Suárez y yo no pasó. Es decir, las cosas suceden cuando suceden, y cuando terminan lo que queda es esa baba estúpida, débil y sucia que llamamos recuerdo. El recuerdo no es real. El recuerdo es lo que inventamos para convencernos de que un sentimiento, a veces, existió...

La voz de Sofía Garay se apaga. Ya no se alisa la falda. Se roza en cambio las palmas de las manos, las durezas que como cicatrices de la niñez le han quedado en las palmas de las manos. En seguida extiende una mano en busca de una mano de Balbi.

En la radio pasan las últimas noticias de la Argentina: el ministro de economía y los bancos se han apoderado del dinero de los ciudadanos. La revuelta popular, vaticinan los observadores mejor informados, terminará por derrocar al presidente civil más inoperante y necio que ha llegado al poder en ese país.

Balbi no quiere saber nada más.

Amadeo Cantón, ex celador del Instituto y actual gerente general de la Casa, según lo dispuesto, comenzó a trabajar como ayudante de Luque, el último director del establecimiento, en 1994, cuando tenía 25 años. Poco después se casó con la que era su novia desde la escuela secundaria, Blanca Hertz, descendiente de una familia de inmigrantes daneses, y con ella tuvo dos hijos. En el otoño de 1997 se supo que el celador, un hombre de ideas difusas y aspecto frágil, infectado con el mal de Chagas, de carácter resentido y voluntad indomable, mantenía relaciones con otra mujer, y meses después trascendió que el celador no tenía una amante sino dos. En los primeros tiempos no fue posible saber quiénes eran las otras mujeres del celador. Pero sus aventuras amorosas alentaron la envidia o el recelo de algunos hombres y la sorpresa de numerosas mujeres. La más severa de todas ellas fue siempre Beatriz Rossi, reina de belleza de la ciudad el mismo año en que el celador comenzó a trabajar en el Instituto y que no se ha cansado de preguntarse qué le habrán visto esas pobres diablas al adefesio de Amadeo Cantón. Las amantes del celador parieron el último verano y su mujer abortó sin consultarlo su tercer embarazo. Amadeo Cantón se sirvió de este hecho para separarse de ella y para irse a vivir con una de sus amantes llamada también Blanca. En la misma operación resolvió abandonar a su otra amante, una chica empleada en una pescadería que se llama Felisa Reyes, y ponerse, allí donde le faltaba la pieza original, un diente de acrílico. En los primeros días de este mes de diciembre se ha escuchado que tanto la ex mujer del celador como la amante abandonada le han iniciado juicios con la intención de obtener pensiones alimentarias acordes con sus necesidades y las de sus hijos. Abrumado por las deudas y por la sombra de la vergüenza pública Amadeo Cantón teme ahora que estos hechos menoscaben su posición en la Casa. De todas maneras, como si cumpliese con una tradición, el celador se ha instalado solo en la vivienda que le corresponde en el establecimiento y visita a su segunda mujer los fines de semana. Tampoco ha sido para él una noticia sin importancia enterarse de que el marido de Beatriz Rossi, gerente de una sucursal bancaria, ha sido trasladado a Punta del Este, razón por la cual Beatriz Rosi partirá de Colonia siguiendo a su marido en su ascenso y nuevo destino el próximo mes de febrero. El alivio le llega como si la desaparición de Beatriz Rossi de la ciudad fuese una solución para todos sus problemas. Pero la mente de Amadeo Cantón es inescrutable, no tiene amigos ni confidentes, y si bien sus aspiraciones son claras y sus costumbres más o menos evidentes, no se entiende bien qué relación establece el celador entre sus pesares y los juicios lapidarios que Beatriz Rossi ha desgranado sobre él a lo largo de los últimos años.

Lo cierto es que ahora el celador no pisa ni el Maldonado ni el Colonial. El celador no concurre ya a los bares, no juega al billar, no apuesta en el bingo, y le ha aplicado a los ribetes visibles de sus hábitos una moderación o una austeridad de hierro. Alguna vez, se recuerda, el celador pensó en abandonar el Instituto porque no toleraba asistir al dolor y a veces al fin de los internos. Pero esta idea, hoy, no da más vueltas por sus ideas. Frente al cuerpo sin vida de Juana García inclinó la cabeza. Dicen, los que lo vieron, que fue un gesto de respeto y no de abatimiento. El celador cree que su vida ha cambiado y que el tiempo demostrará que su gestión al frente de la Casa habrá sido una gestión digna y considerable. Pero eso no le impide cumplir con algunos deseos que lo asaltan con la misma persistencia y resignación de los primeros tiempos, cuando no era más que un ayudante sin relieves de un jefe demasiado exigente.

Por eso cuando la interna Pepa Galante se presenta en su despacho, puntual, sumisa y oscuramente nerviosa, el celador se da cuenta de que le empiezan a sudar las manos. Amadeo Cantón le pregunta a la mujer si son ciertos los cargos que se le imputan y los hechos con ribetes escandalosos que habría protagonizado y ella asiente en silencio. Pepa Galante es una mujer de 29 años, alta y voluptuosa, no hay otra manera de decirlo. Sus gestos son lentos, mórbidos, su mirada es abrasadora, y a pesar de que se supone que su situación es comprometida no puede o no quiere controlar la forma en que el deseo se expresa en ella sin administración ni gobierno. El celador le dice entonces que deberá castigarla y Pepa Galante dice que sabe que debe ser castigada. El celador le advierte que el castigo será un secreto que ella deberá callar para siempre y ella lo acepta. El celador le advierte también que el castigo comenzará ese día y se prolongará en el tiempo sin que él pueda hoy anunciarle cuando se habrá cumplido y ella mueve la cabeza para decir que sí, que lo entiende o que lo acepta. Entonces el celador hace girar el sillón de modo que ya no mira hacia la puerta sino hacia una de las paredes laterales. Son las tres de la tarde, las tres y diez de esa tarde de luz enceguecedora en el patio y Amadeo Cantón ha cerrado las celosías de las ventanas. Ahora el celador le indica a Pepa Galante que se le acerque, es decir, que dé la vuelta al escritorio y que se pare frente a él, y ella lo hace. El celador le dice a la mujer que le explique cómo empezaron las cosas esa tarde, en la Carbonería, o cuáles fueron los actos, en definitiva, que alentaron el tumulto, primero, y los hechos incontrolables que se desencadenaron después. Y ella lo hace. Se toca el vientre y el bajo vientre, se acaricia, entreabre los labios..., y le dice a Amadeo Cantón que eso es lo que hizo: eso. Él le indica que se acerque más. La mujer lo hace. El celador extiende una mano, la toca y ella se estremece. El celador señala el suelo. Pepa Galante apoya las manos en los antebrazos del sillón del celador y desciende. Ahora él no habla. Ella, entre las piernas del hombre, inclina la cabeza.

Una vez obtenidos los resultados de todos los análisis, las radiografías y la revisión clínica, Tabaré Noriega convoca una vez más a los internos, primero, y al personal de la Casa después. Les informa el diagnóstico, el estado en que se encuentran, les ordena dietas, ejercicios físicos o caminatas, les receta medicamentos, les prohíbe el consumo de drogas no indicadas por él, y da por finalizado este primer reconocimiento médico. Por último le informa a Amadeo Cantón que Elvira Silverstein, de 81 años, que sufre el mal de Parkinson, debe ser trasladada a una institución de Carmelo, y que ha decidido que Galván, el Monito Galván, o el Rechazado, tal como se lo llama, tiene que ser derivado a una clínica de rehabilitación de la ciudad de Montevideo.

El celador considera que todo lo que ha hecho el médico es perfectamente correcto y acepta la propuesta de los dos traslados. Sospecha, en estos días, Amadeo Cantón, no sólo que las reformas y los cambios posibles ya se han realizado sino también que sobre él, para bien y para mal, ha recaído un poder inevitable y sin límites. Un poder tan insignificante, piensa el celador, como fue el poder de Luque, que parecía supremo, para regir un apéndice minúsculo de la administración, un apéndice indeseable del que dependen sin embargo los internos, los empleados y él mismo, como si fuesen la resaca de un orden de otro tiempo.

Cuando termina la cena de fin de año en la cantina Sofía Garay y Balbi salen a dar un paseo. Caminan en silencio bajo un cielo de altura inescrutable. En la Plaza Mayor las murgas hacen ritmo. La gente, en la calle, brinda con sidra, enciende fuegos artificiales... Los hombres y las mujeres ríen y se abrazan como si de verdad llegase algo nuevo con el año que se inicia. En la Costanera, frente a la avenida General Flores, se reúnen los jóvenes. Llegan en bicicletas, en motos, en algunos autos. Dejan los motores encendidos y la música fuerte. De modo que el ruido y el olor a nafta y a gasoil se mezclan con la pólvora, con el estruendo de los cohetes, los rompeportones y los buscapiés.

Más allá, en dirección al faro, el tumulto se adormece.

Sofía Garay y Balbi se sientan en un banco. No saben qué decirse. Ella extiende una mano. Él pone una mano sobre la mano de Sofía Garay. Balbi piensa que están solos, allí, como si siempre hubiesen estado solos. Ella entonces le dice que él a veces miente pero que a ella no le importa. Las mentiras de Balbi, dice Sofía Garay, no matan.

Alejandro Balbi no dice nada. Fuma y mira el cielo.

Sofía Garay mira el río, mira el cielo, busca el horizonte invisible en la noche cerrada.

Las luces de Buenos Aires han desaparecido.

Agradecimientos

A Bea Villarruel, Alejo Mango,
Bimba Bonardo y Pancho Liernur.
A Leandro Araujo, Liliana Tozzi, Vicente Battista,
Hugo Levin, Mayte Gualdoni, Tely Smania,
Luis Chitarroni y Gabriela Saidón.
Y a Leonora Djament.
Ellos saben por qué.

Índice

1. Los sueños — 7
2. La oscuridad — 27
3. El Salvador — 47
4. Las cosas de la vida — 67
5. El mal — 89
6. Historia del padre — 111
7. El deber — 129
8. Verdades eternas — 151
9. La realidad — 175
10. El cielo — 191

Agradecimientos — 211

Este libro se terminó de imprimir
en octubre de 2004 en Primera Clase Impresores